処刑された悪役令嬢は、時を遡り復讐する。

しげむろゆうき

Yuuki Shigemuro

Regina

ルリア
サマーリア公爵家の侍女。頭の回転が速く、誰にでものおじしない性格で、バイオレットの信頼も篤い。
バイオレット
サマーリア公爵家の令嬢。ロールアウト王国の王太子・フェルトの婚約者だったが、冤罪で婚約破棄された挙句、断頭台で処刑された。だが、気がつくと一年以上前に時を遡っていて……
登場人物紹介
Characters

フェルト
ロールアウト王国の王太子。温和で優しく、バイオレットとの関係も良好だったが、ミーアに出会ったことで、大きく変わっていく。
ネオンハート王国の王太子とその従者。何やら目的があってロールアウト王国にやってきたようだが……
サジウス
サマーリア公爵家の跡継ぎで、バイオレットの兄。ミーアのことを大切に思っている。
ブラウン
カイエス伯爵家の二男。ミーアのことを慕っている。
ミーア
アバズン男爵家の令嬢。無邪気で健気に見えるよう振る舞っているが、どうやら裏があるようで……

目次

処刑された悪役令嬢は、時を遡り復讐する。

第一章　処刑された悪役令嬢

目に映り込む全ての人々が、私を憎悪していた。元家族も元友人も、そして元婚約者も……

しかも彼らは王都の広場に大掛かりな断頭台まで作ったのだ。私の首が斬り落とされるのを見るために、そして見せるために。

悪趣味ね……

興奮した面持ちの民衆を蔑(さげす)みながら見ていると、死刑執行人に断頭台の方に進めと言わんばかりに思いきり背中を押されてしまった。どうやら、時間がきたみたいである。私の首がこの汚れてぼろぼろの服を着た胴から離れる時間が。

そう思っていたら民衆の一人が着ていたドレスが目に映ってしまった。

そしてせめて、最後ぐらいはあれぐらいのドレスを着させてほしかったわと。

ただし傷だらけで痩せ細った自分の体を見て、すぐに思い直したが。

こんな姿ではどんなドレスを着ても様にならないでしょうねと。

間違いなくねと口元を歪めた瞬間、パリッという音と共にひび割れた唇から血が流れて地面に落ちる。また一滴。おかげで今度は思い出したくもない光景が頭に浮かんでしまう。「お前の血は、その醜い心のようにきっと真っ黒だろうな」と、元婚約者に言われたことを。

残念ながらまだ赤いみたいだけど。

どうせなら真っ黒だった方が良かったと心の中で呟き、私は断頭台に続く階段をフラつきながら上がっていく。そして、息切れしつつ一番上に到着すると、死刑執行人に力任せに肩を押さえつけられ跪かされたのだ。直後、拍手喝采が起こる。更にそんな酷い扱いをされている私の目の前に、薄緑色の髪をした美しい青年がゆっくりと現れる。

その青色の瞳に憎悪を浮かべ、私を睨みながら……

フェルト・ロールアウト王太子殿下……。私の元婚約者。そして私を断罪して牢獄に入れた挙句に断頭台に送った男……

私は王太子殿下を睨もうとして、その隣にいる女に気づく。桃色の髪に大きな目。まるで小動物のようなミーア・アバズン男爵令嬢。——今回の一連の騒動の元凶である。

アバズン男爵令嬢は、私を見た瞬間に「きゃっ」と小さく悲鳴を上げて王太子殿下の腕に抱きつく。私がそんな彼女の行動に軽く溜め息を吐くと、アバズン男爵令嬢を愛おしそうに抱きしめ王太子殿下が睨んできた。

「最後の最後までミーアを怖がらせるとは、お前には呆れてものも言えないな」

相変わらず思い込みが激しい王太子殿下の言葉に私は腸（はらわた）が煮えくり返るが、言い返しても無駄なので無視をする。いや、今の私はもう声すら出せる状態ではないのだ。そんな私を見て王太子殿下は薄ら笑いを浮かべた。

「ふん、これから地獄に落とされる恐怖で喋（しゃべ）れないか」

王太子殿下は勘違いしてそう言ってきた。私が無言で睨んでいると、アバズン男爵令嬢が涙目になって王太子殿下を見上げる。

「フェルト、こんなことになってしまったのは、きっとミーアが悪いのよ！　ミーアが……」

またお得意の演技を始めたアバズン男爵令嬢の唇に、王太子殿下がキスをする。私が断罪される直前から何度も行われ、もう見飽きてしまった光景である。しかし、死ぬ前にまたこれを見させられるとは……馬鹿馬鹿しすぎて先ほどの恐怖感が薄まり、つい口元が緩んでしまった。すると、そんな私に気づいた人物がいた。

「バイオレット！　何を笑っている⁉」

そう怒鳴ってきたのは、私と同じ紫色の髪と瞳を持つ線の細い優男(やさおとこ)、サジウス・サマーリア。私の兄である。

兄は神経質そうに眼鏡を弄(いじ)りながら私を問い質(ただ)してくるが、もし声が出せたとしても私は何も答える気はなかった。どうせ何を言っても通じないし、いくら筋が通る説明をしてもこの兄の中では自分の考えが正しいという結論になるからである。要は王太子殿下と一緒で、何を言おうが私が悪いことになるのだ。私が黙っていると、今度は赤髪の野性味ある男が側に来て私を睨んだ。

ブラウン・カイエス伯爵令息……

いつの間にかアバズン男爵令嬢の側にいて騎士気取りをしている男だ。ちなみに、私はカイエス伯爵令息と話をしたことはない。何せ、私がアバズン男爵令嬢を叱っている時も、ただ睨んでくるだけだったからだ。ただし、殺意を乗せてだが。

そんなカイエス伯爵令息がこちらを睨みながら初めて私の前で口を開いた。

「この魔女は、この期に及んでまだ何か企(たくら)んでいるのかもしれません」

カイエス伯爵令息が大袈裟(おおげさ)にそう言うと、アバズン男爵令嬢はまた怯えたフリをし出す。

「こ、怖いよっ！」

衆は温かく見守っている。もちろん、私は違う。

正直、吐きそうな光景だわ。

わざわざ断頭台にまで上がって下手な劇を見せるなんて本当に暇なのね。それに私の首が落ちるのを近くで見たいなんて、この人達は悪趣味すぎる……。前はそんな人ではなかったはずなのに……

そう思いながら王太子殿下を見ようとして、すぐにやめた。

きっと、私と婚約者だった頃の性格が演技で、これが本来のこの男の性格なのね。そして、それを引き出したのがミーア・アバズン男爵令嬢ということかしら……

そう理解して私はアバズン男爵令嬢を睨もうとしたが、直後、髪を掴まれ断頭台に首を固定されてしまう。途端に恐怖に襲われ、体が震え出した。

怖い……。鞭打ち刑の比じゃない……

私が体を震わせていると、このロールアウト王国の国王であられる、ダフテン・ロールアウト国王陛下が広場に響き渡る大きな声で喋り出した。

「このバイオレットなる者は王太子であるフェルトの婚約者でありながら、そこにいるミーア・アバズン男爵令嬢及び隣国の王太子を毒薬を使って殺害しようとしたのだ。これは我が王家に対する大きな裏切り行為である。よって、これより大罪人バイオレットの死刑執行を行う」

国王陛下がそう宣言した瞬間、民衆は殺せと連呼し始め、離れた席に座っていた元家族や元友人達は侮蔑の視線を向けてきた。そんな彼らのおかげで恐怖は薄れ、代わりに怒りが込み上げてきた。私は皆を射殺さんばかりに睨みつける。

「何も知らないくせに……」

最後の力を振り絞りそう呟いた瞬間、首に痛みが走り地面が近づいてくる。いや、私の首が落ちたのだろう。そして地面に顔が当たる寸前、私の視界は暗転したのだった。

†

私は暗闇の中をひたすら彷徨っていた。自分が何者で、なぜこの場所にいるのか思い出せない。

なんとか思い出そうとした瞬間、パッと視界が開け、記憶が大量に流れ込んできたのだ。それで、私は理解する。

ああ、私は断頭台で首を斬り落とされたのよね……

そう理解すると更に視界が開けていき、少しずつ周りが見えてくる。どうやら私は王宮の庭園のテラスで、テーブルに着いて紅茶が入っているカップを持っているようだった。

死んだ後も王宮なんて最悪ね……。でも、相変わらずこの紅茶はいい香りがする……

そう思いながら紅茶の香りを楽しんでいると、更に視界が開けていきテーブルを挟んだ向かいに座っている人物が目に入った。その瞬間に私は音を立ててカップをソーサーに置き、その人物を睨んでしまう。なぜなら、その人物は元婚約者で私を断頭台に送ったフェルト王太子殿下だったからだ。

「なぜなの……」

そう呟き、驚く。あんなに声を出すのが大変だったのに、今はすんなりと言葉が出てくる。しかも、私の自慢の縦ロールにきめ細かな肌、そして煌（きら）びやかなドレスも視界に映っている。

死んだから自分がなりたい姿になれたということなの？

そんなことを考えていたら、聞きたくもない不快な声が耳に届いた。

「どうしたんだい、バイオレット?」

王太子殿下がそう聞いてくるが、もちろん無視をする。すると、なぜか心配そうな表情で私を見つめてきたのだ。

「もしかしてお妃教育で疲れたんじゃないか? 今日はもう帰った方がいいかもね……」

そう言いながら席を立ち私の側に来たので、慌てて私も立ち上がり後退った。すると王太子殿下が苦笑した。

「まだ、婚約者候補である君には触れないから安心して。ちょっと顔色を見たかったんだ」

王太子殿下はそう言うと私の顔を覗き込んでくる。私は混乱していた。

婚約者候補? 何を言ってるの……。私達は一年以上前に正式に婚約したし、それどころかつい先日それも破棄された。それになぜ、あんなことをしたのに親しげに話しかけてくるのよ……

私はそう言いたかったが、王太子殿下と話したくないという気持ちの方が勝ってしまったため、黙って俯く。すると、王太子殿下が優しい口調で聞いてきた。

「もしかして、来月の婚約者発表がどうなるか、気にしているのかい?」

えっ⁉

驚いて思わず顔を上げてしまう。なぜって王太子殿下が「来月の婚約者発表」と言ったからだ。そしてつい口を開いてしまう。

「来月……。そうなると今は王国暦二千年の三月あたり……」

そう呟くと、王太子殿下が笑い出す。

「ははは、どうしたんだい？　完璧令嬢と言われるバイオレットがそんなことも忘れるなんて珍しいね」

「……申し訳ありません。でも、そうなると王太子殿下は来年の三月に学院を卒業されるのでしょうか？」

私が真剣に質問すると、王太子殿下は急に心配そうな表情になり頷いた。

「そうだけど……今日はやはり変だね。帰って休んだ方がいいよ」

王太子殿下がそう言ってきたので、これ幸いと私は頷いた。

「……そうさせていただきます」

淡々と返し、挨拶もそこそこに王宮を出る。そして馬車に乗り込んだ瞬間、頭を抱えて心の中で叫んでしまった。

どういうことよ⁉　処刑された日から一年以上前に戻ってる……。もしかして私は長い間、悪夢を見ていたの？

完全にパニック状態だった。だが、馬車に揺られているうちに落ち着き、そして気づいたのだ。もしあれがただの悪夢じゃなかったら、またあの日がくるかもしれないと。

想像してしまった私は思わず身震いする。

そんなの絶対に嫌よ！　じゃあ、どうするの？

馬車の中で必死に考え、しばらくして思いつく。

……要は王太子殿下の婚約者にならないようにすればいいのよ。

だが、すぐに渋い表情になってしまった。この時期の私と王太子殿下の関係を思い出したからだ。正直、私達の関係はとても良かったのだ。三人いた婚約者候補の中で一番……

だから、いきなり婚約者候補から外してほしいと言っても、納得できる理由がない限り王太子殿下は首を縦に振らないだろう。それに、この時の私は他の婚約者候補よりお妃教育の評価が遥かに上をいっていたので、両陛下からも凄く期待されていたのだ。そして王家と太い繋がりが欲しい父からもだ……。更に駄目押しでこの婚約の話は王命ときている。これは相当な理由がないと婚約者候補から外れるのは難しいだろう。

勘当されるようなことをしない限りはけっして。まあ、でも、それは最終手段なのだけれど。まずはどうにか穏便に婚約者候補から外れる方法を探さないといけないのだから。

そう思い何かいい方法を考えようとしたら、突然、断罪の日のあの光景を思い出してしまう。冤罪(えんざい)なのに私を断罪した王太子殿下と、私を嵌めたアバズン男爵令嬢。そして兄やカイエス伯爵令息などを……

思わず拳を握りしめ怒りに震えてしまったが、すぐに私は頭を振ってその光景を追い払う。

あれは夢かもしれないのよ。だから、まだ変なことは考えちゃ駄目……

そう思いながら湧き上がる仄暗(ほのぐら)い感情を必死に抑えつける。そして、なんとか心を落ち着かせるためにしばらく目を瞑ったのだ。馬車の速度が落ち始めると閉じていた瞼を開き、窓の外を眺めたが。きっとこの方が落ち着くだろうから。案の定、私の頬が緩んでいく。なぜなら目に映ったのは、王都にあるサマーリア公爵家の屋敷だったから。

「懐かしいわね……」

ついそう呟いた後に苦笑してしまう。気持ち的には数ヶ月ぶりの我が家でも、本当は今朝方ぶりのはずなのだから。

まあ、あれはただの夢かもしれないのだけれどもと思いつつも、やはり、どこかで引っかかりを感じてしまう。

結局はその原因がわからないまま屋敷に入っていくが。

「お嬢様、お帰りなさいませ」

侍女のグレイスが早速出迎えてくれる。ちなみに私は複雑な気分になってしまう。何せ、このグレイスは、私の部屋からこの国で製造、所有共に禁止されている毒物を発見したと騎士団に報告したのだから。しかもそれが決定的な証拠になり、私はアバズン男爵令嬢と隣国の王太子殿下を毒殺しようとした大罪人に。更には卒業パーティーで王太子殿下に指を差されながら「この伝統あるロールアウト王国に毒を撒き散らす魔女め！」と断罪も。そしてその時、近くに薄ら笑いを浮かべたグレイスが……

きっと私の部屋に毒薬を置いたのはグレイス……いや、置くように指示したのはお兄様よね。

何せアバズン男爵令嬢が毒入りワインを飲もうとした時に、気づいて防いだのは兄なのだ。毒の知識なんてまったくない兄がである。元々毒入りだとわかっていたに違いない。つまり、兄は自らアバズン男爵令嬢のワインに毒を入れ、その罪をなすりつけるためにグレイスを使って私の部屋に証拠を置いたのだ。兄を慕うグレイスの心を利用して……

……ううん。でも、あれは夢の中の出来事かもしれないのよね。
そう思いながら、私は優しく微笑んでくるグレイスを複雑な気持ちで見つめる。いや
そっと視線をずらすのだった。

その後、私は部屋に戻り暦表を見ていた。

机の上に置かれたそれは、王国暦二千年の三月の半ばを過ぎたあたりになっている。

そうなると今の私は十七歳ではなく十六歳になるのね。じゃあ、やはりあれは夢だったのかしら?

夢……現実的に考えれば全てそれで片付くだろう。しかし、はっきりと私は覚えているのだ。体に受けた痛みや、汚くて臭い牢獄のにおい、カビたパンの味などを……。でも、それでもである。そもそも時間が巻き戻るなんてことがあるのだろうかと。

ただその疑問は、夕食時にはっきりとしてしまう。侍女のルリアがスープ皿を持ったまま盛大に転び、中身を絨毯(じゅうたん)に撒き散らした上に皿を割ってしまったことで。その光景を見た瞬間、私はこの後の展開を思い出したから。

確か母のベラが怒ったのよね……。「何をやってるの！　そのお皿と絨毯(じゅうたん)はあなたの一年分の給金より高いのよ！」って……

食卓に着いていた母が勢いよく立ち上がり、もの凄い形相でルリアを怒鳴り出す。

「何をやってるの！　そのお皿と絨毯（じゅうたん）はあなたの一年分の給金より高いのよ！」

も、申し訳ございません奥様。

「も、申し訳ございません奥様！」

あなたはもう来なくていいわ。

「あなたはもう来なくていいわ」

私が心の中で言った言葉と同じことを言う二人を見て確信してしまう。あれは夢じゃないと……。私は時を遡（さかのぼ）ったのだと。

そうなると、やることは決まったわね……

処刑を回避する。私はそう考えた後、萎縮（いしゅく）して震えているルリアの前にかがみ、優しく声をかける。

「ルリア、あなた怪我はしてない？」

「……はい」

「そう、では今度から気をつけなさい。それでいいですよね。お母様？」

そう言って微笑むと、母は驚いたように私を見た。どうせ、私も一緒になってルリアを怒ると思っていたのだろう。まあ、前回の私は辞めろとまでは言わなかったが、「公爵家の侍女としてなってないわ」と、かなり怒ったのだ。だが、今は違う。ミスは誰にでもあることを学んだのだ。それも自らの命を使って。だから、今の私はちょっとやそっとでは人を怒れなくなってしまったのだが、そんなことを母は知る由もない。そのため、母は私を不満顔で見てきた。

「でも、我が家の大切なお皿と絨毯を……」

「なら、私のドレスなり、宝石なりを売って新しいものをお買いください」

すかさず私がそう答えると、母もルリアも驚愕した表情で私を見てくる。

「なっ……」

「お、お嬢様……」

そんな二人に微笑むが、内心は苦笑していた。前の傲慢な私が今の私を見たら、頭がおかしくなったのではと思ってしまうだろう。しかし、私は以前のバイオレットではないのである。

「さあ、お父様とお兄様が来る前に片付けましょう」

私はすぐに使用人達を呼び、絨毯や割れた皿を片付けさせ新しい絨毯を敷かせる。

「ほら、これで綺麗になったわ」

そう言って呆気に取られている母を無視して席に着く。母は我に返り、私に何か文句を言いたそうな顔をしたが、結局、何も言ってくることはなかった。その後、父バランと兄サジウスが来て食卓に着く。だが、絨毯（じゅうたん）が別物に替わっていても気づく様子はなかった。そんな様子を不満げに母が見ているのを確認し、私は内心笑ってしまう。

どうせ、この人達は何も見てないわよ。

そう思いながら、気持ち的には数ヶ月ぶりに飲むまともなスープを堪能していると、父がボソッと呟くように私に聞いてきた。

「王太子殿下とはどうだった？」

「……なんとも」

そう答えると父は驚いた様子で再び聞いてきた。

「どういうことだ？　順調ではないのか？」

「王太子殿下が急に他の方を好きになってしまうかもしれませんからね」

「そんなわけなかろう。恋愛とは無縁の王族だぞ」

呆れた表情でそう言ってきた父に、私は心の中で失笑する。

現に王太子殿下はミーア・アバズン男爵令嬢とあっという間に恋に落ちましたからね。どんどんアバズン男爵令嬢にのめり込んでいった王太子殿下を思い出す。何を言っても「何も知らないアバズン男爵令嬢のために教えているだけだよ」と主張して聞かなかったのだ。もちろん、王太子殿下の言うとおり最初は善意の気持ちだけで恋愛感情はなかったのだろう。しかし、いつの間にかアバズン男爵令嬢に心を完全に奪われてしまっていたのだ。王族という立場にありながら。だから、私は確信を持って言える。

「王族だろうが関係ありませんよ」

私はそう言うと口を拭き、もう食事は終わりだと伝えて席を立つ。父は複雑な表情を浮かべて私を見てきたが、余計な口出しをすると私のお妃教育に響くと思っているのか、それ以上は何も言わなかった。

「ふう、疲れた……」

部屋に戻ると、どっと疲れが出て私はベッドに突っ伏してしまう。そして、正直、このまま寝てしまおうかとも。さすがにまずいと思い、侍女を呼ぶことにしたが。

「お嬢様、先ほどはありがとうございました！　私、どうやってご恩をお返しすれば……」

ルリアが来て、私に頭を下げてくれる。

「気にしなくていいわよ。まあ、でも気になるのなら湯浴みを手伝ってちょうだい」

「わ、私がですか？　それなら、グレイスさんの方がいつもお手伝いしてますからよろしいのでは？」

「……グレイスには後で言っておきなさい。早く眠りたかったから、あなたに頼んだってね。それにグレイスは私の専属というわけではないし、わざわざ呼ぶ必要はないわよ」

「わ、わかりました。では、すぐに準備をしますね」

ルリアはそう言って湯浴みの準備にとりかかる。そんなルリアを見て、いい考えが思い浮かんだ。

だって、グレイスの顔はなるべくなら、もう見たくないものね……。

そう考え、湯浴みが終わった後、ルリアに専属になってほしいと頼む。彼女は素直に喜んで頷いてくれる。おかげで、その後はグレイスの顔を見ない快適な日々を過ごせたのだ。

ただしあれから具体的な回避策が何も思いつかないまま、一年生最後の終業式の日を迎えてしまったが。現在、私は学院の教室で頭を抱えている状態である。

なぜってあと二週間で王太子殿下の婚約者が決まり、更にはその一週間後の始業式の日、ミーア・アバズン男爵令嬢が一年生として入学してくる。なのに何一つ改善できていない状況に、断頭台が頭の隅にチラつき始めているからだ。

どうにかしないと……

焦っていると、私のもとに王太子殿下の婚約者候補の一人であるシレーヌ・マドール侯爵令嬢がやってくる。

「ごきげんよう、サマーリア公爵令嬢」

「ごきげんよう、マドール侯爵令嬢……」

「珍しいですわね。王太子殿下にべったりなあなたが一人でいらっしゃるなんて。もしかしてご自分がお妃に相応しくないとやっと理解されたのでしょうか？」

マドール侯爵令嬢は相変わらずの嫌味で私を煽ってくる。前の私なら腹が立ってすぐに言い返していただろう。しかし、今の私はまったくそんな気持ちが湧かないため、ゆっくりと頷く。

「まあ、相応しくないというより、王太子殿下の婚約者にはもうなりたくないっていうところかしらね……」

すると、マドール侯爵令嬢は絶句した表情で固まってしまった。まあ、しかし、この反応は今の私にとっては予想どおりであったが。何せ、マドール侯爵令嬢とは数日前のお妃教育で会っており、その時の私はまだ婚約者の座に必死に手を伸ばしていたから。

なのに、たった数日でこの台詞、驚くのが普通だろうと。今の私の中身は断頭台で首を斬り落とされた後の私なのだから、この台詞が出るのは当然なのだけど。

だって、あんな思いをまた味わいたい人なんていないのだから。

心の底からそう思いながらマドール侯爵令嬢を見て考える。

もし、私でなくマドール侯爵令嬢が王太子殿下の婚約者になったらどうなるだろうと。

きっと、嫌味を言って周りの精神を削りながらも王妃としてはそつなくこなすだろう。

だが、問題はやはりミーア・アバズン男爵令嬢の存在である。きっと、彼女が現れ例の行動をし出したら、マドール侯爵令嬢は嫌味まじりに注意をするだろう。そして、いつの間にか嵌められて断頭台に……

いいえ、マドール侯爵家はサマーリア公爵家と違って策略にたけているから、嵌められる前にきっと気づくわね。

私は断罪された時の流れを思い返す。

当初、マドール侯爵令嬢は私と同じようにアバズン男爵令嬢の行いを批判していたのだ。だが、ある時期から急に黙ってしまい、卒業パーティー時にはもう学院を辞めて隣国に家族ごと移動していた。今思えば、自分達に危険が及ぶことがわかっていたから逃げたのだろう。

だからといって、今回アバズン男爵令嬢に確実に対処できるとは限らない。そう考え溜め息を吐くと、復活したマドール侯爵令嬢が慌てた様子で私に詰め寄ってきた。

「ちょ、ちょっと、なぜ急にそんな心変わりをしたのか教えなさい！」

「それは……」

どう説明しようか迷ってしまう。さすがに、「将来、断頭台で首を斬り落とされたくないからよ」とは言えない。そんなことを言ったら、きっと頭がおかしくなったと思われるだろうから。いや、よくても医療施設、最悪は修道院か。まあ、断頭台よりはマシなので最終的にはその二箇所に行くことも視野に入れているが……もちろん決して進んで入りたいわけではない。むしろ、目指すは王太子殿下の婚約者にならずに、のんびりとした貴族生活を謳歌（おうか）することであるのだからと私は本当のことではなく、マドール侯爵令嬢が納得する理由を言う。

「……実を言うと私、王太子殿下みたいなタイプは苦手なのよ」

「苦手ですか？」

「ええ、あの思い込みの強いところとか……か、顔もよ。い、いいえ、全てね。もう駄目なの」

そう言って嫌そうな表情を作ると、マドール侯爵令嬢が疑いの目を向けてくる。

「前は、優しくて誰にでも分け隔てなく接することができる大変素晴らしい方だって絶賛していたじゃありませんか……」

「そ、それはずっと我慢してただけよ。何せ、私達がこの婚約に意見をするなんて許されないでしょう?」

「まあ、確かに辞退したいなんて言ったら、それ相応のペナルティが発生しますものね……」

「そうよ。だから、私は王太子殿下が苦手だったけどずっと我慢してたの。でも、昨日、王太子殿下と会った時に、もう一緒にいるのは無理だって心底理解したのよ……」

最後の方はつい本音で言ってしまう。何せ、もう無理なのは間違いないからだ。断頭台のことがたとえ夢であっても、である。すると、マドール侯爵令嬢は困ったような表情になった。

「うーん、まさか、サマーリア公爵令嬢がそう思っていたなんて知りませんでしたわ。私はてっきり、もう婚約者はあなたで決定だと思って動いていたのに……」

「えっ、どういうこと？　マドール侯爵令嬢はもう王太子殿下の婚約者になるのを諦めていたってこと?」

思わず驚いてそう聞くと、マドール侯爵令嬢はゆっくりと首を横に振った。

「いいえ、私は最初から王太子殿下の婚約者になる気はありませんでしたわよ」

「はっ……？」

私は自分の耳を疑ってしまった。婚約者になりたくない。つまり、王妃になりたくないと言っているからだ。その瞬間、脳裏にある言葉が浮かんだ。

「……まさか、あなたのところも王命だったの？」

「ええ……。マドール侯爵家の領地で採れる珍しい宝石に目をつけられましてね。おかげで婿をとって領地でのんびり暮らすという私の計画が頓挫したのですわ……」

「そうだったの……」

私はマドール侯爵令嬢の話を聞き、思わず俯いてしまう。まさか、サマーリア公爵家だけじゃなく、マドール侯爵家にまで王命がいっていたとは思わなかった。てっきりサマーリア公爵家以外は立候補したのかと思っていたけど……前回選ばれたと思い込んでいた私や両親はとんだ笑い者ね。

とはいえ、マドール侯爵令嬢に婚約者になる気がないことは理解した。

参ったわ……。

目の前で頬に手を当て困った表情を浮かべるマドール侯爵令嬢を見て、私は項垂れる。

……頭がいい彼女のお妃教育があまり進んでいなかったのは、わざと手を抜いていたからなのね。そうなると、マドール侯爵令嬢はどこかのタイミングで辞退してくるだろうから、残りの婚約者候補は私とリリアン・ベーカー伯爵令嬢になるわけだけど……

　私は婚約者候補の中で、性格が悪く、断トツにお妃教育が進んでいないリリアン・ベーカー伯爵令嬢を思い浮かべ、思わず頭を振った。

　このままだと私が選ばれてしまう……。でも、王家はなぜリリアン・ベーカー伯爵令嬢を婚約者候補にしたのかしら？　噂では婚約者候補の立場をお金で買ったと言われてるけど、そんなこと王家が許すわけないのに……。それとも、上位貴族の後ろ盾がいる？　まあ、それなら彼女に婚約者になってもらうのもありかもしれないわ。何せ彼女は、前回私が王太子殿下の婚約者になった時、人を使って私を殺そうとしてきたものね……。まあ、私が知らないうちに護衛があっという間に捕まえたらしいけど。でも、そんな彼女ならミーア・アバズン男爵令嬢にも対抗できるわ。最悪、断頭台に上がっても、私を殺そうとしたことを考えると、心も痛まないものね。

　考えが纏まり、私は頷く。

　よし、決まりね。リリアン・ベーカー伯爵令嬢が婚約者になることを期待して、私は次から手を抜いてお妃教育を受けていきましょう。ただ、あと二週間でどこまで評価を落とせるかはわからないけれど……

私がそんなことを考えていると急に周りから黄色い悲鳴が上がった。嫌な予感がして顔を上げ、私は内心溜め息を吐く。しかし、すぐに精一杯作り笑顔を浮かべ、マドール侯爵令嬢と一緒に淑女の礼をした。

「ごきげんよう、王太子殿下」

「ああ、二人ともここにいたのか」

王太子殿下がそう言った直後、マドール侯爵令嬢は急に咳き込み始めた。

「ゴホゴホッ……。王太子殿下、申し訳ありません。体調がすぐれませんので私はお先に失礼させていただきますわ」

「そうか。体を大事にするといいよ」

「ありがとうございます」

マドール侯爵令嬢はそう言って頭を下げた後、一瞬私の方を向き笑みを浮かべる。そして頭を上げると足早に教室から出ていってしまった。

逃げたわね……。

彼女が去った方を思いきり睨みつけたかったが、我慢して王太子殿下を見る。

「……それで王太子殿下、わざわざ一年生の教室まで来られるとはどうかなさいましたか？」

「ああ、昨日のことが気になって様子を見に来たんだ。体調はどうだい？」

「まだ、少し調子が……」

「ふむ、シレーヌも体調が悪いと言ってたし、風邪か何か流行っているのかもね」

「そうですね。なので、私も今日はこの辺で帰りたいと思っています」

「その方がいい。馬車まで送っていこう」

王太子殿下はそう言って私に微笑んでくる。そんな殿下を見て、この人は本来は優しい人物であったことを徐々に思い出してくる。だが、やはりあの断罪の日の王太子殿下と、どうしても重なってしまうのだ。

私は王太子殿下の後ろを歩きながら、無意識のうちに視線を彼の首元に向ける。その瞬間、私の首付近に痛みが走り、あの地面が迫ってくる光景を思い出した。

……無理ね。私の全てが王太子殿下を拒絶してる……

身震いしながらそう思っていると、王太子殿下が心配そうに声をかけてきた。

「顔色が悪いな。屋敷に着いたら早く休むといい」

「……はい」

私は頷いた後に俯いてしまう。

今の王太子殿下はあの王太子殿下とは違う……。でも……それでも、私は一緒になることはできないわ。

まだ、ズキッとする首に触れながら私はそう強く思うのだった。

翌日、私はサマーリア公爵家のレッスン部屋にお妃教育の先生を呼び、ダンスレッスンをしていた……が、何度もミスを繰り返していた。何せ、目の前にいるお妃教育担当の一人であるエミレイ・コーラック公爵夫人を騙さなければならないから。もちろん私の評価を下げるためにと思っていると、早速咎めるような視線と言葉が飛んでくる。

「全然、踊れていないじゃない……。これだと、評価すらできないわよ」

「申し訳ございません……」

私は頭を下げながら内心喜ぶ。そして、上手く評価が落ちているのを実感しながら引き続きミスをしていく。しばらくして立ち止まった。コーラック公爵夫人が持っていた扇子が勢いよく閉じたから。終わりの合図。ただし今日は怒りがこもった。

「今日はここまでにしましょう。残り数日、こんな調子では私はあなたを王太子殿下の婚約者として推すことはできませんよ」

私は少し視線を落としながら返事をする。

「……わかっています」

「本当にわかっているのかしら？　殿下の婚約者になるということは、将来王妃になるということなのよ。今のあなたからはその責任感がまったく感じられないわ」

そう言ってコーラック公爵夫人は勢いよく部屋を出ていった。そんなコーラック公爵夫人が去った方向を私は申し訳ない気持ちで見つめる。

彼女は私が断罪された後も唯一恩赦を願い出てくれたのだから。ただし、隣国の王太子殿下を毒殺しようとした罪が重すぎたことと、恩赦なんかしたら隣国に示しがつかなくなるからと王家は聞き入れてくれなかったが。まあ、そもそも恩赦も何も私がやったわけじゃないのだけれど。

そう思いながら側にいたルリアに湯浴みの準備をお願いしようとする。グレイスが部屋に入ってきたことで口を閉じたが。

「お嬢様、王妃陛下から、明日お会いしたいとお言付けがございました」

「……そう、わかったわ」

私はグレイスの方を見ずに答える。グレイスはムッとしているが、私は気づかないふりをした。

「ルリア、汗をかいたから湯浴みの準備をして」

「はい、お嬢様」

ルリアは笑顔でそう答えると湯浴み場に行った。そんなルリアを見ているとホッとする。唯一、私を嵌めた件に確実に関係ない人物だからだ。

まあ、お母様に追い出されて、屋敷にいなかっただけなのだけれど。それでも、他の使用人達よりは信頼できるわ。

私は、父の書斎でこっそり調べたサマーリア公爵家使用人の情報を思い出す。

使用人の大半は、サマーリア公爵家の派閥にいる、爵位が継げない者達で構成されている。いわゆる貴族の次男以下や、結婚する前の令嬢達だ。彼らは父に完全な忠誠を誓っている。もちろん、将来、サマーリア公爵になる兄にも。そうなると、アバズン男爵令嬢が兄を籠絡（ろうらく）した時に彼らは全員、兄の味方になるだろう。

だから、私は残りの使用人達――祖父であるドルフ・ベルマンド公爵が、母を嫁がせる際に一緒によこした使用人達を味方につけることにした。何せ彼らは父や母にもしっかりと意見を言える。それに私の読みが当たっていれば、彼らは四大公爵家の一人である祖父に命令され、サマーリア公爵家が次期四大公爵家に相応（ふさわ）しい公正な判断を下せるか、そして貴族としての役割をきちんと果たしているかを見極めているはず。

ちなみに四大公爵家とは、初代王家との取り決めにより、国内外を見張る役割を担（にな）う四つの公爵家のことだ。何ものにも屈さない強い意志が求められ、時に王家すら脅（おびや）かす絶大な権力を持つ。

そして四大公爵家は世襲制ではなく、一定の期間で選び直される。そのため、おそらく父と兄がその役割に相応しいか、祖父は目を光らせているだろう。まあ、そうじゃなくても祖父の性格上、父達が馬鹿なことをしないか監視してるだろうけど。

だからお兄様、アバズン男爵令嬢が本当に現れて馬鹿なことをし出したら、愚痴も含めて次期サマーリア公爵としては相応しくないと彼らに報告してあげるわよ。

湯浴み場に向かうと、笑顔で仕事をしているルリアが目に入る。

しかし、運が良かったわ。まさか、ルリアも祖父が送り込んできた使用人だったとはね……

私はそんなことを考えながら、来るべき日に向けて色々と手を伸ばしていくのであった。

「残念だけれど、シレーヌ・マドール侯爵令嬢は、病気のせいで子ができにくい体になったと診断され、婚約者候補から外れることになったわ」

翌日、王宮に呼ばれ、王妃専用の執務室に入るやいなやロマーナ・ロールアウト王妃陛下は落ち着いた口調と表情でそう伝えてきた。そんな王妃陛下に私は内心、苦笑してしまう。

本当は腸が煮えくり返っているのでしょうに、相変わらずポーカーフェイスが上手いわね。何せ私が断頭台に上がった時もいっさい表情を変えなかったもの……。けれどもポーカーフェイスに力を入れるぐらいなら、王太子殿下の行動を監視する方に力を入れてほしかったわ。

私はあの卒業パーティーの日を思い出す。

あの日、王妃陛下は眉間に皺を寄せて私を睨むだけで、何も言わなかった。まあ、これは、私がアバズン男爵令嬢を甘く見て誰にも相談せずに自分だけで解決しようとしたのも悪かった。おかげで王太子殿下の婚約破棄宣言は、ほとんどの生徒にとって寝耳に水の出来事だっただろう。そのうえ婚約破棄宣言の後、流れるように毒殺未遂の証拠を出されてしまったのだからタチが悪い。あれで私を庇う人はいっさいいなくなってしまったのだ。

まあ、あんな証拠を出されたら私だって絶対に庇わないわ。たとえ、相手が嵌められているのがわかっていてもね……

それだけ、グレイスが私の部屋で見つけたという毒薬が入った小瓶の存在は強力だった。あの瞬間、会場にいた者の私を見る視線が一気に敵意に変わったのを思い出し、私は怒りに震える。

やはり駄目ね。嵌めた相手は絶対に許せそうにないわ……。当たり前よね。断罪されて断頭台に送られたのだから……

まあ、今はそのことより、マドール侯爵令嬢よ。遠からず辞退してくることはわかっていたけど、まさか王家お抱えの医師を丸め込むとは……。いいえ、頭のいい彼女のことだから何かしらの方法で医師を騙（だま）した可能性もあるわね。おかげで立派な断る理由ができたわけだけど、こんな理由を作れるってことはマドール侯爵家も彼女を王家に嫁入りさせる気はなかったということなのね……

内心でマドール侯爵家を羨（うらや）んでいると、王妃陛下が淡々とした口調で言ってきた。

「あなたも最近、体調が悪いみたいね……。先ほど震えていたみたいだし」

「……ええ、そうなんです」

まあ、先ほどの震えは怒りによるものだが、体調が悪いと思われるのは好都合だ。

とはいえ、「だから、私も王太子殿下の婚約者候補から外してください」とは言わない。そんな二番煎じなことを言えば、どんなペナルティがくるかわからないからだ。だから、私からは決して言わずに、向こうに言わせるように持っていかないといけない。

そう考えながら体調が悪いふりをすると、我慢できなくなったのか王妃陛下は少しだけ顔を顰(しか)めた。

「……困ったわね。あなたに期待してたのにこれじゃあ、保険を考えないといけないわ」

王妃陛下はそう言って私をチラッと見て煽ってくる。

まあ、前の私なら「大丈夫です！　必ずやお妃教育をやり遂げてみせます！」と息巻いていただろう。しかし、今の私は婚約者なんかになりたくないの一心である。そのため、私は更に婚約者から外れやすいように提案してみることにした。

「……そうですね。私なら大丈夫ですと言いたいところなのですが、なにぶん体調が思わしくないので……王妃陛下の保険という素晴らしい案には賛成です。学院や他国に王家の者を配置して、婚約者になれそうなご令嬢を探させてみてはいかがでしょう？」

ちょっと胸を押さえ辛そうな表情を浮かべると、王妃陛下は一瞬渋い表情をした後に頷く。

「そうね、考えてみるわ。けれど、あなたもしっかりと頑張りなさい」

王妃陛下がそう言った瞬間、喜びのあまり飛び跳ねたくなったが我慢する。

「……はい、もちろん精一杯努力をします」

そう答えながらも辛そうな顔を作ったため、王妃陛下は複雑な表情になった。

その後、私は執務室を後にしたのだが、上手く物事が運んだことが嬉しくて思わず馬車内で叫んだことは言うまでもない。

それから数日して、王太子殿下の婚約者についての発表があったが、正式な婚約者は決められておらず、私とリリアン・ベーカー伯爵令嬢はあくまでも候補のままとして発表されたのだった。


発表後に屋敷に戻ると情報が先にいっていたらしく、父が責めるような目で私を見てきた。

「どういうことだ?」

「力及ばず、申し訳ございません……」

「違うだろう。お前は急に手を抜いたり、お妃教育をサボったりしていただろう」

「人聞きが悪いですね。体調が悪かっただけですよ」

そう答えた後に作り笑いを浮かべると、父は苦虫を噛み潰したような表情になった。本当は怒鳴りたいものの、私を刺激したくないので堪えているのだろう。将来、私が王妃になっても家族仲が悪かったら父にとっては意味がないからだ。

王妃が尊敬する父親という称号が欲しいのよね。でも、残念ね。お父様は何の功績もない、ただのサマーリア公爵で終わるわよ。

私はそう思いながら、何か言いたそうな父に体調が悪いと伝え、さっさと部屋に戻ってルリアを呼んだ。

「お嬢様、どうしましたか？」

「ルリアにお願いがあるのよ。来週から私の付き人として一緒に学院に行ってほしいの。上位貴族は一人までなら侍女をつけられるから」

「よ、よろしいのですか⁉」

「ええ、本当は従者もつけたいけど、さすがにそれは父に却下されてしまったわ」

驚いた表情のルリアに、私は微笑みながら頷く。するとルリアは一瞬考えるような仕草をした後に私に聞いてきた。

「お嬢様、何か危険が迫っているのですか？」

私は思わず口元が緩んでしまう。それはルリアの頭の良さにである。

やっぱりルリアを選んで正解だったわ。

そう思いながらも、私はもう少しルリアを試すことにした。

「どうしてそう思うの？」

「なんだか最近、何かに備えて行動をされているように見えますので、そうなのかと……」

よく見ているし、しっかり考えることもできる。本当にあなたは素晴らしいわ……

私はそう思いながら、ルリアを見て微笑む。

「まあ保険よ。だから、そんなに気負わないでね」

「はい、わかりました」

「それじゃあ、学院でのあなたの動きを説明するわ」

私はルリアに基本的な学院での侍女の動きを説明する。それとは別に頭の中で来週来るであろう、アバズン男爵令嬢への対抗策を練り続けるのであった。

第二章　運命の日

ついにこの日がきてしまった。

正直、色々な感情が入り混じり、ほとんど眠れなかった。何せ、今日はミーア・アバズン男爵令嬢と王太子殿下が運命的な出会いをする日だからだ。

まあ、ただし王太子殿下はあくまでこの時点ではアバズン男爵令嬢に恋愛感情は持っていない。その後、なぜかタイミングよく困っているアバズン男爵令嬢と頻繁に出くわすようになる。そして、王太子殿下がアバズン男爵令嬢を手助けしていくうちに、二人は恋仲になっていくから。

要はとにかくこのまま何もせずに過ごせば、私は断頭台行きだということである。

そこで、試しに王太子殿下に、その日は正門じゃなくて裏門から私と一緒に入りませんかと声をかけてみたのだが「始業式なのになぜ、裏門から入るんだい？　それに私に挨拶するために、わざわざ正門で待ってくれている生徒達もいるから、それは無理だよ」と、あっさり断られてしまった。

　だから仕方なく、王太子殿下と一緒に正門から入ったのだけれど。すぐに私の側で誰かが盛大に転んでくる。まあ、誰かというか、桃色の目立つ髪をしたミーア・アバズン男爵令嬢なのだが……。

　そんなアバズン男爵令嬢は、早速足を押さえて大声で痛がり始める。

「痛あぁいっ！　誰かに足を引っかけられたわ！」

　アバズン男爵令嬢はそう言って私を見ようとして、驚く。アバズン男爵令嬢の目に映ったのは、私じゃなく侍女のルリアだったからだ。ルリアは、痛がるふりも忘れてこちらを驚いた表情で見ているアバズン男爵令嬢を無視し、私達に声をかけてきた。

「お二人とも、お怪我はありませんか？」

「ああ、私は平気だがバイオレットは大丈夫かい？」

「はい、ルリアが守ってくれましたわ。それより、どうしたの？」

　私はルリアにそう聞き、困ったような表情を浮かべた。

「こちらのご令嬢が勢いよく向かってきたので、お二人をお守りしようとしたら直前で勝手に転んだのです」

　ルリアがそう答えると、アバズン男爵令嬢はハッとして再び足を押さえ、痛がり始めた。

「痛いよお！　なんで足を引っかけるのよ！」

アバズン男爵令嬢はルリアを指差し叫ぶが、もちろんそんなことをしていないルリアは勢いよく首を横に振る。

「私はそんなことしていません」

「嘘よ！　思いきり足を引っかけたわ！」

どう考えても足を引っかけるには無理な位置でそう叫び、アバズン男爵令嬢は大袈裟(おおげさ)に痛がるふりをする。そんな下手な演技に、まんまと引っかかった王太子殿下が心配そうな表情で近づこうとしたので、内心呆れながら呼び止めた。

「王太子殿下、もしかしたらこのご令嬢は危ない方かもしれません。誰か警備の者を呼んだ方がよろしいかと……」

すると王太子殿下は笑顔で首を横に振ってきた。

「バイオレット、この学院に来る生徒は皆、身元がしっかりしているんだ。そんなことは絶対にあり得ないよ」

そう能天気に言ってくる王太子殿下に、私は溜め息を押し殺す。

「……その身元がしっかりしているはずの生徒が、私達に向かってきた挙句に、私の侍女に濡れ衣を着せているのですよ？」

私が咎めるような口調でそう言うと、王太子殿下は驚いた表情を浮かべる。きっと私が言い返してくるとは思わなかったのだろう。そんな王太子殿下の顔を見て私は思い出す。

前回はこの日をきっかけに、徐々に王太子殿下と私の関係がおかしくなっていったのよね。まあ、だからって今回も同様に王太子殿下が突き進むのなら、それを正す気はないけれど……

そんなことを思いながら王太子殿下がどういう行動をするか見ていると、彼は考え込むような表情で私達を見回した後、アバズン男爵令嬢に声をかけた。

「君はなぜ、私達に向かってきたんだ？」

「……わ、私はただ王太子殿下にご挨拶をしようとしただけです！　そしたら、その人に足を引っかけられてしまって……」

「ふむ、君は誤解しているようだが、公爵家の侍女として認められている彼女がそんなことはしないよ」

「えっ、そ、それは……じゃ、じゃあ、私の勘違いだったんですね。ごめんなさい」

アバズン男爵令嬢はバツが悪そうにルリアに頭を下げる。すると王太子殿下が私達に笑顔を向けてきた。

「ほら、解決しただろう。彼女は挨拶をしに来ただけさ。じゃあ、私が医務室に連れていこう」

そう言ってアバズン男爵令嬢に近づこうとしたので、私は呼び止める。

「お待ちください。それなら私達が医務室に連れていきますわ。その方が王太子殿下に余計な噂が立たないでよろしいかと」

「ふむ、確かにそうだね」

王太子殿下が納得した表情で頷いたため、私はホッとする。前回はルリアじゃなく、私が足を引っかけたと言ってアバズン男爵令嬢は大騒ぎしたのだ。そのせいで私はついカッとなり、怒鳴りつけてしまった。そんな私に王太子殿下は頭を冷やすように言って、アバズン男爵令嬢をさっと抱きかかえて医務室に連れていったのだが、今回はルリアのおかげで無事防げそうである。

……そう思っていたのに、あろうことかアバズン男爵令嬢は痛むはずの足で普通に立ち、王太子殿下に素早く近づいて腕に抱きついたのだ。

「私は王太子殿下にお願いしたいです……。勘違いして怒らせちゃったかもしれない人達に連れていかれるのは怖いです……」

そう言って小動物のような目で王太子殿下を見つめる。案の定、王太子殿下は苦笑しながら頷き、私の方を向いた。

「そういうことだから今回は私が連れていくよ」

「……警備の者では駄目なのですか?」

「私が頼まれたんだ。責任持って連れていく」

「……そうですか。わかりました」

私が頷き下がると、王太子殿下はすぐにアバズン男爵令嬢を抱えて医務室の方に歩いていった。そんな光景を内心呆れながら見ていると、ルリアが怒った表情で私に聞いてきた。

「なんなんですか、あの嘘吐き女は?」

「ルリア、覚えておきなさい。あれがミーア・アバズン男爵令嬢、王太子殿下と数々の男達を籠絡(ろうらく)していく、娼婦のような女よ」

「えっ⁉」

驚いて私を見てくるルリアに、目を細めて頷く。

「これからわかるわよ。あれがどれだけ異常かが……。だから、あなたは私に言われたとおり行動しなさい」

そう言って歩き出すと、ルリアが慌てて追いかけながら声をかけてきた。

「お嬢様、そちらは教室ではありませんよ」

「いいのよ、今日はこっちに用があるのだから」

私はそう言って学長室に向かうのだった。


「いやあ、お話は聞いてますよ。私はてっきりサマーリア公爵令嬢が婚約者に決まるかと思っていたので残念な思いです」

学長室に入るなり、学長は残念そうに言ってくるが、これが本音でないのを私は知っている。

学長には既に王妃陛下から新たな婚約者候補を探す話がいっており、彼は自分の親戚の侯爵令嬢をどうにかして推そうとしているのだ。

ちなみにこの情報はサマーリア公爵家の派閥の貴族から仕入れたものである。もちろん、私も自分だけの味方を作り始めているが、今はまだまだなので使えるものはなんでも使っている。

そんなわけで学長が心にもないことを言ってるのはわかっているが、私は知らないふりをして悲しげな表情を作り頭を下げたのだ。

「私の力が足りないばかりに申し訳ありません」

「いえいえ、そんなことはありません。あなたならきっと素晴らしい王太子殿下の婚約者になれると私は信じていますよ」

学長は明らかな作り笑いを浮かべてそう言ってくる。きっと今の私は、学長にとって敵とまではいかないが邪魔な存在なのだろう。

そこのところはきちんと誤解を解かないといけないわね。

私はそう判断して、悲しそうな表情のまま再び頭を下げた。

「……ありがとうございます。私も今以上に頑張るつもりです。ですが、両陛下はどうやら私とリリアン・ベーカー伯爵令嬢だけでは不安なようで、更に王太子殿下の婚約者候補を増やすことにしたみたいなのです。婚約者になれそうなご令嬢を探させるために王宮から学院に人が来るのをご存知ですか？」

そう聞くと学長は一瞬、探るようにこちらを見る。きっと私が婚約者候補を潰そうとしていると思ったのだろう。

まあ、全然違うのだけれど、今はそう思われている方がこの後の驚きが大きくていいかもしれないわね。

そんなことを思いながら学長の反応を待っていると、しばらくしてゆっくりと頷いてきた。

「……ええ、知っています。それでサマーリア公爵令嬢はどうされるおつもりですか？」

学長が想像どおりの質問をしてきたので、私は内心笑みを浮かべながら答えた。

「私は先ほども申したとおり今以上に頑張るだけです。しかし、これだけ頑張っても今回、婚約者に決まらなかった私やリリアン・ベーカー伯爵令嬢では、もう王太子殿下の婚約者にはなれない可能性が高いです。そこで学長も婚約者に相応しいご令嬢をご存知でしたら、ぜひ推薦していただきたいのです。もちろんご親戚でも構いません」

そう答えて悲しげに微笑むと、学長は驚いたように私を見てきた。きっと想像していたことと違う言葉を私が言ったからだろう。

「……あなたはそれでよろしいのですか？」

学長は今度は本気で心配げな表情で聞いてきたので、私は悔しそうにしつつも頷く。

「……悔しいですが、仕方ありません。それに、私の取るに足らない気持ちよりこの国の発展の方が大事ですからね。だから、私は婚約者に相応しいご令嬢が現れれば潔く身を引かせていただきます」

私がそう答えると学長は感嘆の溜め息をもらした後、真剣な表情で頷いた。

「わかりました。では、私の方でもしっかりと探し、将来王妃になり得る器量を持つ者のみ推させていただきます」

そう言った学長に、私は内心ほくそ笑む。今のやり取りで学長を味方にできたと判断したからだ。

これで、やっと本題に入れるわ。

私はそう判断し、今度は嘘偽りない笑顔を向けて言った。

「お願いしますね。それで、これからそういう婚約者候補が選ばれた場合、素行調査や監視がされるわけですが、学院内ではそれはされませんよね？」

「ええ、よほどのことがない限り、学院は教師と生徒代表によって問題を解決することになっていますので、外部の人間の口出しや評価は認められておりません」

「……そうなると力のない貴族の令嬢が婚約者候補になった場合、自分の派閥のご令嬢を推したいがために良からぬことを考える者が出てくる可能性もありますよね？　例えば、そのご令嬢を空き部屋に連れ込んだりして……」

そう言って学長を見つめると、想像してしまったのか身震いしていた。

「た、確かに、それだと大問題になりますね」

「問題どころじゃありませんよ。もし、そんなことがあれば、未来の王妃を守れなかった学院、そしてその学長として未来永劫語り継がれてしまいますよ？　最悪、学院自体がなくなるかもしれません。それについて学長はどのように対応するお考えでしょうか？」

首を傾げながらそう聞くと、学長は真っ青になりながらも答えてきた。

「こ、婚約者候補になられる方には、身分にかかわらず最低でも侍女か従者をつけることを義務化しましょう！」

「さすがは学長。とても素晴らしいお考えです。ただ、何かあった場合のために監察官と記録官も置いた方がよろしいかと思います。もちろんこれについては学長のお考えとして王家にお話しされて結構ですよ」

そう言って微笑んでみせると、学長は心底驚いた表情で私を見てくる。まあ、王家からきっと褒美がもらえるであろうアイデアをあげますよ、と言っているのだからこの反応は当然だろう。学長は生唾を呑み込んだ後に恐る恐る聞いてきた。

「よ、よろしいのですか？」

「ええ、きっとこの話をすれば王家は喜ばれますわね。ああ、それに王太子殿下にも変な虫がつかないようにしっかりつけておくといいですよ。婚約者が決まっていないとわかったら既成事実を作ろうと考える愚か者が現れるかもしれませんから」

私がわざと顔を顰(しか)めると、学長は何度も頷いてくる。

「確かにそうですね！　では、早速、案を詰めて提出したいと思います」

「ええ、もしよろしければこれをお使いください。私が簡単に纏めた提案書です」

そう言って鞄から提案書を取り出して渡す。それに軽く目を通した学長は目を細めて頷いた。

「素晴らしい。これなら、ほとんど手を加えなくても良さそうですよ」

「それは作った甲斐がありましたわ。では、学長、この学院とロールアウト王国の未来のために頑張りましょう」

学長に挨拶した後、学長室を出るとルリアがおずおずと質問してきた。

「あの、お嬢様は王太子殿下の婚約者になられる気はないのですか?」

「……先ほども言ったように私より優れた令嬢がいれば喜んで身を引くわよ」

すると、ルリアは呆れたように私を見てくる。

「お嬢様より優れた方がいるとは思えませんが……」

「ふふ、ありがとう。でも、私より遥かに頭が回る人はたくさんいるわよ。ただし、狡賢い考え方をできるかは別だけどね……」

最後の方はルリアに聞こえないくらいの声で呟くと、私を嵌めた人達を思い浮かべ口元を歪めたのだ。ただ、淑女としてすぐに表情を作ったが。教室に戻るまでだが。

中へ入ると正門で起きたことが既に広まっていたらしく、生徒達はその話で盛り上がり、更にそこに当事者の一人である私が来たものだから、好奇の視線を向けてきた。少しだけ表情が崩れてしまった。

まったく、皆暇なのね……

ただ、心配そうな表情で話しかけてくる生徒がいたので、これ幸いに朝方の出来事を話してあげることにしたが。もちろん、嘘偽りなく全てを。すると、案の定、話を聞いた生徒達は不満げな表情になっていった。

「なんなのですか、その男爵令嬢は……」

「王太子殿下に運ばせるなんて……」

「そうですよ。サマーリア公爵令嬢はよろしいのですか？　王太子殿下とアバズン男爵令嬢はあの後、医務室で楽しそうに話し込んでいたらしいですよ」

「……そうなの？　まあ、私はあくまで婚約者候補にすぎないから、王太子殿下がアバズン男爵令嬢がいいと言われるのなら喜んで身を引くわよ」

そう言って微笑むと、教室中の生徒が驚いた顔をこちらに向けてくる。きっと「私がアバズン男爵令嬢にきつく注意してあげるわ」とか言うと思ったのだろう。そんな面倒なことをするつもりはない。それよりも、私が王太子殿下との婚約に執着していないことをこれから周りにどんどん植え付けないといけないのだ。

　そして、浸透していったら次の段階ね。

　そう考えていると、早速、餌（えさ）に食いついたリリアン・ベーカー伯爵令嬢が私の前に立って睨みつけてきた。

「サマーリア公爵令嬢、あなたはあんな男爵令嬢如きに王太子殿下を取られてもいいの？」

「ええ、私は自分のできる範囲で頑張るだけよ。それで力が及ばないなら仕方ないと思ってるわ。それより、あなたは王太子殿下と最近ちゃんと会えているのかしらね？」

　嫌味も込めてそう尋ねると、ベーカー伯爵令嬢は途端に顔を歪め、俯（うつむ）いてしまう。

「……私が本気を出せばすぐに王太子殿下に会えるわよ」

　そう答えると、ベーカー伯爵令嬢は大股で教室を出ていってしまう。その態度に苦笑していると、今度は近くに座っていたシレーヌ・マドール侯爵令嬢が声をかけてきた。

「サマーリア公爵令嬢、あなた何を考えていらっしゃるのかしら」

「あら、私はやれることを精一杯やってるだけよ」

「……精一杯ね」

　そう呟き、それ以上マドール侯爵令嬢は何も言ってこなかった。きっと、私をどう扱っていいのかわからないのだろう。何せ、今までは王太子殿下や婚約者のことで弄れば私は食いついてきたから。

でも、残念ね。その私はもう死んでるのよ。首と胴を切り離されてね……

私はあの瞬間を思い出しながら首をさする。

二度とあの光景を見る気はないわ。そのためなら、私を嵌めた者達や私を殺せと言った者達を最大限に利用してやる。

私はそう思い、頭の中で策を巡らせるのだった。

放課後、私がお妃教育を受けに行こうと教室を出たら王太子殿下が声をかけてきた。

「バイオレット、今日はお妃教育かい？」

「……はい。ちなみに王太子殿下は何をされているのですか？」

殿下の隣には、怯えた表情をしたアバズン男爵令嬢がいる。彼女を一瞥した後に聞くと、殿下は笑顔で答えた。

「アバズン男爵令嬢が学院内に何があるかわからないと言うから、案内しているんだよ」

「……わざわざ、王太子殿下がですか？」

「ああ、彼女と約束してしまったからね」

王太子殿下はそう答えてアバズン男爵令嬢を見る。まあ、今の王太子殿下はあくまで無知な後輩を教える先輩として行動しているのだろうが、私からしたらまったく自分の立場を理解していないとしか思えない。しかし、私はもう王太子殿下の行動を止めるつもりはなかった。

「そうですか。それは結構ですが王太子殿下としてのご自分のお立場を忘れないでくださいね」

「ああ、わかっている。私はあくまで先輩として案内するだけだよ」

「……それなら、よろしいのですけどね。では、私はもう行かせていただきます」

淑女の礼をしてその場を離れると、後ろから不機嫌そうにルリアが聞いてきた。

「王太子殿下はいったい何を考えていらっしゃるのでしょうか？」

「あの方はどんな者にだろうがお優しく接するから仕方ないのよ」

「でも、よろしいのですか？」

「いいのよ」

そう言ってルリアに微笑みかける。

私は二人の仲を無理矢理裂く気はない。もし、そんなことをすれば、また王太子殿下の婚約者になってしまう可能性があるから。

それにアバズン男爵令嬢の演技に気づかない王太子殿下は、あそこで私が口うるさく言ったらきっと咎めてくるでしょうしね。

私が王太子殿下達から離れた時、急に拍子抜けしたような顔になっていたアバズン男爵令嬢を思い浮かべる。きっと私が「王太子殿下に近いから離れなさい」と注意したら、また殿下に泣きつくつもりだったのだろう。

残念ね。私を嵌めるのはもう無理よ。それどころか今度は私があなたを嵌めてあげるわ。

私はゆっくりと振り返る。アバズン男爵令嬢の後ろ姿を仄暗い感情を抱えながら見つめるのだった。


今日のお妃教育は、剣の訓練である。なぜ将来王妃になる者が剣の訓練をするのかと言うと、王妃たるもの、戦争が起きた時には剣を振るって戦わなければいけないからである。これは、かつてロールアウト王国と隣国のネオンハート王国が壮絶な戦争をしていた時、王妃も一緒になって戦っていたのが由来といわれている。まあ、今はネオンハート王国も友好国なので、戦争が起こる可能性はほとんどないのだが。

「では、よろしいですか？」

そう言って私に剣の型を教えるのは、剣術指南の教官ミネルバである。ちなみにミネルバは幼い頃に両親を病気で亡くし、親戚であったカイエス伯爵家に引き取られ養女になっていたが、つい最近、剣術指南の教官に就任すると同時にカイエス伯爵家から抜けたのだ。

剣術指南の教官という立派な役職につけたのだから、何もなければきっと溺愛していた元義弟——カイエス伯爵令息と結婚できたでしょうね。

私はそう思いながら剣を構える。もちろん、ミネルバの型なんて見ていない。子供の頃から剣の稽古をしているので型なんて見なくてもできるからだ。それにミネルバの顔を見たくなかった。この女騎士は卒業パーティーで私を力ずくで押さえつけ、その後に牢獄に雑に投げ入れたのだ。更には断頭台に上がるまで、私は毎日ミネルバに鞭で打たれたのである。

ストレス発散の捌け口にされたことは忘れないから……。それに、今回もきっとあなたの溺愛する義弟は、娼婦のような男爵令嬢に身も心も溺れるわよ。でも、捌け口にする相手は今回は現れないわ。

そう思って口元を緩めると、ミネルバが声をかけてきた。

「サマーリア公爵令嬢、何かいいことがありましたか？」

「ええ、とてもいいことがありそうなんです」

私が楽しげに答えると、ミネルバは不思議そうに首を傾げる。

「……ありそうですか？」

「ええ、きっと最高の気分になりますよ」

そう答え、私は笑みを浮かべながら的に剣を深々と突き刺すのだった。


始業式から一ヶ月が経ち、新入生も学院生活に慣れてきたが、私の周りはあの日以来慌ただしくなっていた。それは言わずと知れたアバズン男爵令嬢のせいである。彼女は始業式の日から私の周りをウロウロしているのだ。きっと私をまた嵌めようとしているのだろう。

「また、来てる……」

私が高位貴族しか入れないテラス席で自習をしていると、ルリアの怒りを含んだ声が聞こえてきた。どうやら、またアバズン男爵令嬢が現れたらしい。

「確か、一年生はまだ授業中のはずよね」

「はい。やはり、私が注意してきましょうか？」

ルリアがアバズン男爵令嬢がいる方を睨みながら聞いてくるが、私は首を横に振る。

「やめておきなさい。あれは被害者面をさせたらきっとこの国一番よ。注意なんかしたらあっという間に周りを味方にしてあなたを悪者に仕立て上げてしまうわ。それにいいのよ。もう、一学期でやる勉強は一昨日でほとんど終わらせたから。学院だって二学期までは好きな時に授業に出ればいいって言ってくれてるものね。それよりも、この場所にもいつかアバズン男爵令嬢が入ってきてしまうでしょうから、別の場所を探さないといけないわね」

何せ、ここはそのうち王太子殿下とアバズン男爵令嬢が入り浸り、そして私の兄に、カイエス伯爵令息も順に追加されていく場所だから。

そして時を遡る前は注意しに行き、悪者に仕立て上げられてしまった場所でも。そのことを思い出し顔を顰めていると、ルリアが提案してくる。

「空き部屋を使わせていただくというのはどうでしょう」

「いいわね。学長に言えばきっと許可してくれるわ」

私は笑顔で頷き、再び教科書に目を落とそうとする。あることに気づいてしまい、仕方なく立ち上がって淑女の礼をしたが。

「ごきげんよう王太子殿下」

「やあ、バイオレット。今日もここにいたのか」

「ええ、気分転換に……」

作り笑いを浮かべながらそう答えると王太子殿下は笑顔で頷く。

「気分転換か。私もたまにやっていたよ。ちなみにここでね」

「そうなのですか……」

「ああ。なんたって、ここは学院の中で一番気に入っている特別な場所だからね」

「ああ、だからなのね……」

私はつい小声で呟いてしまう。どうりでアバズン男爵令嬢と仲良くなり始めてから彼がテラスに入り浸り出したわけだ。

自分にとって特別な場所に、特別な人を招いたのね。それなら、ここで色々なことを知ることができそうだから多めに人を配置してもらわないと……

私はそう考えた後、王太子殿下に微笑みかける。

「では、王太子殿下は特別なこの場所でごゆっくりとなさってください。私は用事ができましたのでもう行きますわ」

「そ、そうか……」

王太子殿下は残念そうな表情をするが、私は視線を合わせずにテラス席を出る。するとしばらくして後ろから王太子殿下が追ってきた。

いったい何の用かしらね……

嫌々ながらも立ち止まって待っていると、王太子殿下は私の近くまで来て口を開いた。

「バイオレット、もし用事が終わったら、私とお……」

しかし、王太子殿下は最後まで言えなかった。なぜならアバズン男爵令嬢が目の前に現れ、わざとらしく王太子殿下の前でフラついて倒れそうになったからだ。おかげで王太子殿下は慌ててアバズン男爵令嬢を抱きとめる羽目になる。

「アバズン男爵令嬢、大丈夫かい？」

アバズン男爵令嬢は目を潤ませ頭を下げる。

「あ、ありがとうございます。急に目の前が真っ暗になって……」

「それはまずいな。すぐに医務室に行こう」

演技だと気づかない王太子殿下は心配そうに言うと、アバズン男爵令嬢を抱き上げた。

そして私に申し訳なさそうに言ってくる。

「すまない、彼女を医務室に連れていくよ」

「ええ、わかりました」

私は淡々とそう答え、二人に背を向ける。するとアバズン男爵令嬢の声がすぐ後ろから聞こえてきた。

「王太子殿下って優しいんですね。それに凄い力持ちだし！　やっぱり将来、王様になる人なんだなあって思っちゃいました！」

「いや、こんなのたいしたことないよ。ははは っ」

そう言いながらも嬉しそうに笑う王太子殿下に、私は溜め息を吐く。

王太子教育で褒めてくる者ほど疑えって習っていたはずなのに忘れてしまったのかしら。いいえ、違うわね。王太子殿下は自分の考えを持っている方だったわ。まあ、間違った考えだけれども……

私は振り返り、医務室に向かう王太子殿下を見る。そして、お互いに離れていくこの状況に、改めてもう無理だということを再確認するのだった。

第三章　愚兄の恋

あれから三ヶ月経った。王太子殿下とアバズン男爵令嬢は定期的に会っているようである。いや、会っているというよりも、タイミングよくアバズン男爵令嬢が王太子殿下の側に現れているのだ。

もちろん、私は王太子殿下に軽く忠告しているが、それ以上は邪魔しないようにしている。そのせいなのか、アバズン男爵令嬢の様子や行動が前回と違って焦っているように感じられる。きっと私が何も言わないから、お得意の私虐められていますアピールができないのだろう。おかげで王太子殿下は今も、アバズン男爵令嬢を無知な後輩だと思い優しくしているだけで、恋愛感情は見られない。

そのため、アバズン男爵令嬢は前よりも早く行動し出したらしい。

兄がある日、ボーっとした表情で食卓に着いたから。前回と同じ心ここに在らずという表情で。いえ、まぬけ顔かしらと思っていると、前回のことを知らない両親が心配そうな顔で兄に声をかける。

「サジウス、何があった？」

「大丈夫なの？」

「……ああ、大丈夫です」

そう答えながらも、兄はスプーンを持ったままいっこうに食事をする気配がない。その様子を、離れた位置に立った侍女のグレイスが、心配そうにじっと見つめていた。そんな兄を内心、馬鹿にしながら私は口を開く。

「どうやら、お兄様は恋をしたみたいですね」

そう呟くと、両親とグレイスが驚いた顔でこちらを見てくる。私は首を傾げながら微笑んだ。

「真面目なお兄様が好きになる相手って誰でしょう？　きっと素敵な方なのね」

そう言って兄を見るが、兄は碌に聞いておらず、ボーっとしている。そんな兄を父が眉間に皺を寄せ睨んだ。

「サジウス、誰なんだ？」

「……なんです、いきなり」

「相手の令嬢に決まっているだろう！」

「えっ⁉　な、な、何を言って……」

「ああ、わかりました。お兄様の恋のお相手は、ミーア・アバズン男爵令嬢ですよ」

狼狽(うろた)えていた兄は驚き、なんで知ってるんだとばかりに私を見てきた。

それは前回とまったく同じ表情をしているからよ。

そんなことを思いながら前菜を食べ始めると、両親が兄に顰(しか)め顔を向ける。

「男爵令嬢なんて駄目に決まっているだろう」

「そうですよ。将来、サマーリア公爵を継ぐあなたが妻とするのは格式高い家柄のご令嬢と決まってるんですよ」

「なぜですか⁉ ミーアは私の気持ちを理解してくれる、とても素敵な女性です。そ、それに彼女は……た、ただの友人ですよ！」

兄は勢いよく席を立ち、両親にアバズン男爵令嬢がどう素晴らしいかを下手な演技を交えながら説明し出す。そんな兄に両親は驚き、グレイスは悲しげな表情をする。何せ、友人と連呼しているわりに、言っていることは完全に愛する女性への賛美だったからだ。

もちろん、私は笑みを浮かべて聞いていた。

とはいえ、三流の芝居を見ている方がまだ楽しかったので、もう次の幕に進めてあげることにしたが。

私はワインを一口飲み、言った。

「……まあ、それなら来週うちの庭で開催するパーティーにアバズン男爵令嬢をお呼びして、お父様達に会わせてさしあげたらいかがかしら？　もちろん、お兄様が責任を持ってアバズン男爵令嬢をエスコートすることが条件ですが……」

そう言って視線を向けると、兄は上機嫌に頷いてくる。

「バイオレット、お前にしてはいいアイデアだぞ！　きっと皆ミーアを気に入るはずだ。早速、招待状を用意しよう」

そして嬉しそうに食堂を飛び出していった。両親が止める間もなく。

「なぜ、あんなことを言った？」

「そうよ、今度のパーティーは親戚だけでなく、重職についていらっしゃる方も来るのよ」

両親が睨んでくるので、私は再びワインを一口飲んだ後に口を開く。

「いいじゃないですか。お父様達だって案外、会ったら気に入るかもしれませんよ」

「そういう問題じゃない。ベラが言ったように我がサマーリア公爵家に嫁ぐ者は最低でも伯爵家以上と決めているのだ」

「そうよ。それにサジウスは隣国の第三王女との縁談も上がっているのよ」

「それでも、一度はアバズン男爵令嬢と顔を合わせないとお兄様は納得しませんよ」

私がそう言うと、両親は渋々納得した表情になる。両親も、一度決めたらなかなか折れない兄の性格を知っているからだ。

「……一度だけだ。もし、格式高いサマーリア公爵家にそぐわない令嬢なら縁を切らせる」

「ええ、そうよ。サジウスはこのサマーリア公爵家を継ぐのだから、しっかりとしたご令嬢を選ばないと」

両親はそう言ってお互いに頷き合うと、席を立ち執事を連れて食堂を出ていった。

きっと、執務室でアバズン男爵令嬢と兄のことについて話し合うのだろう。もちろん、兄から引き剥がすために……

「ふふ、むしろお兄様が燃え上がらなければいいけれど」

私はそう呟きながら鴨肉を切り分け、口に入れる。視界の隅でグレイスの表情がどんどん沈んでいくのが見えた。

子爵家の三女であるグレイスが下位の男爵令嬢に負けたのだからショックなのだろう。

まあ、正直言って心は痛まないけど……

私はそう思いながら、家族がいなくなったことで、更に美味しく感じるようになった食事をゆっくり堪能するのだった。

本日、我がサマーリア公爵家は王都の屋敷の庭でパーティーを開いていた。ちなみに来客は親戚やサマーリア公爵家の派閥貴族なので、そこまで気を遣わなくてもいい立食スタイルになっている。まあ、彼らにとってはパーティーというよりも派閥の結束を高めるための集会みたいなものなので、移動して話せる方がいいのだろうが。

そんな中を目立つ桃色の頭が人波を縫うように動いていた。どうやら、兄サジウスはミーア・アバズン男爵令嬢を呼ぶことに成功したらしい。私は二階の自分の部屋からその光景を見て口角を上げる。そして、手に持っていた手紙を丸め、ルリアに渡す。

「誰にも見られないよう、しっかりと燃やしておいてね」

「はい」

ルリアは頭を下げ、足早に部屋を出ていった。私もパーティーをしている庭へと向かう。途中、親戚に捕まったりしつつも無事に庭に着いたので、両親に早速、アバズン男爵令嬢の感想を聞いてみることにした。

「どうでしたか、彼女は？」

しかし、両親は頭に血が上っているのか、私の声が聞こえないらしい。強張った顔で体を震わせ俯（うつむ）いていたので私は思わず苦笑してしまう。きっと、アバズン男爵令嬢の態度が淑女とは程遠かったので、嫌味を言ったら兄が激昂してアバズン男爵令嬢を庇ったというところだろう。

もうすっかり虜ね。

兄の紫色の髪と、彼女の桃色の髪がかなり近い距離にいることを確認していると、両親はやっと私に気づいたらしく、すぐさま愚痴を言ってきた。

「なんなんだ、あの馴れ馴れしい女は⁉」

「まるで、娼婦じゃないの！」

「あら、そうなんですか？　私はそこまでアバズン男爵令嬢を知らないのですが、どういった方なのですか？」

私が首を傾げながらそう聞くと、両親は溜まっていたものを吐き出すように私にアバズン男爵令嬢の悪口を言ってきた。そんな両親を見て私は内心笑ってしまう。前回、断罪の日までアバズン男爵令嬢の存在を知らなかった両親は、あの日、私を冷たく睨み、更にはアバズン男爵令嬢に頭を深く下げていたのだ。

今回同じことが起きたら、この人達は彼女に頭を下げることができるのかしらね？まあ、あの日を繰り返させる気は毛頭ないけれど……。そのためには、アバズン男爵令嬢の非常識さをもっと周知させないといけないわ。それと、王太子殿下達との関係もね……

　私は時間が遡(さかのぼ)る前の王太子殿下達の行動を思い出す。ところ構わず自分達の世界を作っていたものの、その輪に誰も入れなかったため、王太子殿下達が具体的に何をしていたのか誰もわからなかったことを。それに王族を敵にまわしたくないという理由で、生徒達は彼らのことを学院外で話せなかったことも。

　だけど、今回は私がしっかりと調べて世間に何をしているか教えてあげるわ。

　そんなことを思いながら、愚痴り続ける両親に頷いていると、兄とアバズン男爵令嬢の方を恨めしげに睨むグレイスに気づく。

　ふふ、頃合いかしらね。

　そう判断し、私は両親に言った。

「それなら、私から二人には注意しておきます。グレイス、ついてきなさい」

　私はそう言って、期待するような目で見てくる両親から離れる。すると、グレイスが慌てた様子で追いかけてきた。

「お、お嬢様、どうされるのですか？」

「ちょっと小言を言うだけよ」

　私は扇を出して広げながら、近い距離で囁き合っている兄とアバズン男爵令嬢のもとに向かう。

するとそれに気づいた兄がアバズン男爵令嬢を後ろに庇うようにして私を睨んできた。

「何をしに来た？」

「次期当主のお兄様がいつまでも庭の端にいるので呼びに来たんですよ。サマーリア公爵家を守り立てようとしてくれている方々に挨拶をしなくてよろしいのですか？」

「今日は気分が悪いんだ……」

「そのわりに楽しそうに話す余裕はあるみたいですが……」

そう言って扇を口元に持っていき、兄を睨みつける。すると、兄は顔を歪め、アバズン男爵令嬢の手を引いてパーティー会場である庭から出ていってしまった。もちろん、今の会話も兄の行動もしっかりと周りのパーティー客に見られているため、早速、彼らはヒソヒソと話をし出す。その光景を見てつい口角を上げてしまう。

まずは上々ね……

周りの反応に満足する。更に近くから歯軋りが聞こえてきたことでも。視線を向けると、グレイスが兄とアバズン男爵令嬢が去っていた方を睨んでいた。私は内心微笑む。

さあ、これでグレイスも準備ができたと。

私は早速困った表情を作り、グレイスに聞こえるぐらいの声で呟く。

「……お兄様はうぶだから、娼婦みたいな女に弱いのかもしれないわね。はあっ……。誰かお兄様の目を覚まさせてくれないかしら。女性というものを知れば我に返ると思うのだけれど」

ちらりと目をやると、グレイスは何かを決心したように拳を握りしめていた。そんなグレイスに私は笑みを浮かべる。

ふふ、あなたはどうするつもりかしらね？

心の中でそう問いかけながら、私はパーティー客に挨拶回りを始める。もちろんアバズン男爵令嬢の噂をさりげなく流すためだ。そして十分に噂話を流すことができたと判断した私はパーティー会場を離れることにする。

後は芽が出るのを待ちましょう。

そう考え用が済んだ私は屋敷へと戻るが歩いている途中に、早くもアバズン男爵令嬢の話をつまみにワインを楽しむパーティー客を見かけた。

まったく、他にやることがないのかしらね。

そう思いながらもつい私は笑みを浮かべるのだった。

翌日の朝、兄とグレイスがよそよそしくなっており、たまにグレイスが頬を赤らめていた。それを見た私は、思わず噴き出しそうになるのを必死に堪える。

ふふ、馬鹿な女ね。その思いは決して届かないのに……

私は兄を一瞬だけ蔑（さげす）んだ目で見た後、食堂にいる者に聞こえるように話し出した。

「そういえば、今さら思い出したのですが、アバズン男爵令嬢って王太子殿下とも仲が良かったわね。それはもう恋人みたいに……」

「違う！」

話している途中で、兄は勢いよく席を立ち睨んでくる。そんな兄をグレイスはショックを受けたような顔で見つめる。きっと昨日の夜、グレイスは体を使って兄を籠絡（ろうらく）できたと思ったのだろう。

残念ね、グレイス。アバズン男爵令嬢は愚かな男の心を掴むのが得意なのよ。

そんなことを思いながら兄を無視して、焼きたてのパンを食べようとする。すると、父が不機嫌そうに私に聞いてきた。

「バイオレット、あの男爵令嬢は王太子殿下とも親しいのか？」

「ええ、最近は街にも一緒に出て、まるで恋……」

私が父の質問に答えている最中に、兄はテーブルを叩いて再び私を睨んできた。

「違うと言っただろう！　王太子殿下とミーアは先輩と後輩という関係なだけだ！　それにミーアが街に何があるかわからないから王太子殿下や私が案内してるんだ！」

兄がそう言うと、父は驚いた様子で勢いよく立ち上がる。

「なっ、サジウス、お前も一緒に街に行っているのか⁉」

「友人であるミーアが困っているのを助けるのは、友として当然でしょう」

兄はどこから湧き出てきたのかわからない自信を持って答える。両親は呆れた表情を浮かべ、グレイスは悔しそうに歯軋り（はぎし）りをした。

「話にならん……」

「頭を冷やしなさい、サジウス」

両親はそう言うと、執事と侍女長を連れて食堂を出ていく。

私が、両親が去った方を見つめながら、そろそろ兄の跡取りとしての資質を疑い始めてくれればいいのにと思っていると、兄がまたもや睨んできた。

「バイオレット、なぜ、あんなことを言った⁉」

「事実を言ったまでですよ。それともお兄様は本当に王太子殿下とアバズン男爵令嬢がただの先輩後輩の仲だとお思いですか？」

首を傾げながら聞くと、兄は歯軋（はぎし）りして黙り込み、ついには食堂を出ていってしまった。

馬鹿な男……

私がそんなことを思っていると、後ろにいたルリアが声をかけてくる。

「……お嬢様、このままだとご家族がバラバラになってしまいませんか？」

心配そうに私を見つめてきたので笑顔で頷く。

「安心しなさい。最悪のことがあっても、あなたにはいい場所を紹介してあげるわ」

「そ、そういうことではなく、私はお嬢様が心配なのです……」

ルリアの慌てた表情に、私はつい笑ってしまう。

「ふふ、ありがとうルリア。でも、大丈夫よ」

そう言って微笑むが、ルリアから不安な表情は消えなかった。

まあ、しょうがないわよね。どう考えても修復不可能な状態になり始めているし。でも、私にとっては全て順調に進んでいるからいいのよ。

私はそう思いながら紅茶の香りを楽しむ。そして一口飲んだ後、俯き悔しそうな表情を浮かべているグレイスを見つめた。

さて、あなたにはチャンスをあげるわ。馬鹿なお兄様に見切りをつけるか、それとも共に堕ちていくか……。しっかりと悩みなさい。

私は心の中でグレイスにそう言うと、紅茶を楽しむことに集中するのだった。


それから二ヶ月が経った。

兄は以前よりも頻繁にアバズン男爵令嬢と行動するようになっている。なんというか王太子殿下にアバズン男爵令嬢を取られないよう、若干躍起になっている感じである。

ちなみに王太子殿下は、相変わらずアバズン男爵令嬢のことを後輩扱いしている。しかし、今までは月に数回程度しか一緒に出かけていなかったが、今では倍近くに増えているようだ。要は、本人に自覚はなくとも順調にアバズン男爵令嬢にのめり込んでいるということである。

そんなある日、学院に行くと、教室前の廊下でリリアン・ベーカー伯爵令嬢がアバズン男爵令嬢を怒鳴りつけているところに出くわした。

「あなたは王太子殿下の婚約者候補でもなんでもないのになぜ隣にいるのよ！　立場をわきまえなさい！」

ベーカー伯爵令嬢が凄い形相でそう言うと、王太子殿下がすかさず二人の間に入り、咎めるようにベーカー伯爵令嬢を見た。

「……やめないかリリアン。私が勝手にアバズン男爵令嬢の手伝いをしているだけな

「王太子殿下……。なぜ、そのようなことを？　他の方にやらせればよろしいではないですか」

「いや、その手伝いによって最近は色々なことを理解できるようになったんだ。だから、私にとってもアバズン男爵令嬢の手伝いは有意義なんだよ」

「では、せめてお付きの侍女や護衛をお連れください」

「それなら、サジウスとブラウンがいるから大丈夫だよ」

王太子殿下がそう言って微笑むと、ベーカー伯爵令嬢は俯き黙ってしまった。多分、王太子殿下がベーカー伯爵令嬢の言わんとすることを理解できていないことに呆れているのだろう。

無駄よ。王太子殿下にとってアバズン男爵令嬢はまだ無害な後輩だから、いくら言っても響かないの。それよりも……

私は王太子殿下の言葉を思い出し、苦笑する。

ブラウン・カイエス伯爵令息がもうアバズン男爵令嬢の近くにいるのね……。まあ、きっと王太子殿下を落とせないから、兄同様、早めにカイエス伯爵令息に手をつけたということよね。

私は、赤髪で野性味あるカイエス伯爵令息を思い出す。ちなみにこのカイエス伯爵令息だが、遡る前の時は、王太子殿下や兄と違って常に一歩引いた感じでアバズン男爵令嬢に接していた記憶がある。まあ、王太子殿下や公爵家子息である兄の手前、見守ることしかできなかった感じだろうが……。しかし卒業パーティーでは、腰の剣をいつでも抜ける状態にして私を睨んでいた。

そのカイエス伯爵令息にアバズン男爵令嬢がもう手をつけたのなら、私も次の手を考えないといけないわね。

そんなことを考えながら、王太子殿下達に近づき挨拶をする。

「ごきげんよう、王太子殿下に皆様」

「やあ、バイオレット」

「……ごきげんよう、サマーリア公爵令嬢」

「おはよう、バイオレットさん！」

最後にアバズン男爵令嬢がそう言った瞬間、周りにいた生徒達がギョッとした顔になった。

まあ、学院では皆平等という建前なので名前で呼ぶのは問題ないのだが……自分より爵位が高い人物に声をかける時は本人が名前で呼んでいいと言うまで家名で呼ぶのが暗黙の了解なのだ。しかし、アバズン男爵令嬢はそれを無視していきなり名前呼びをしてきたのである。私はアバズン男爵令嬢に困った表情を向ける。

「アバズン男爵令嬢、名前で呼んでもらえるのは嬉しいけれど、まだ私達はそこまで仲がいいわけじゃないわ。だから、マナーとしてまずは家名で呼んでちょうだいね」

私がそう言うと、アバズン男爵令嬢は急に涙目になって頭を下げてきた。

「う、う、う、ごめんなさい。私、何もわからなくてっ……」

更に顔を両手で覆う。もちろん、お得意の嘘泣きだろうと思っていると王太子殿下が私を窘めるように言ってきた。

「バイオレット、学院において生徒は皆平等だ。名前で呼ぶのは問題ないだろう?」

「……確かにそうですが、私は上位の貴族として周りの者達に示しがつかなくなるから言ったのです。もし、私が間違っているというのならここで私をお叱りください」

そう言って私が跪くと、王太子殿下は驚いたように一歩後ろに下がった。そして無言のまま、更にジリジリと後ろに下がり出す。きっと周りにいる、貴族の誇りを持った生徒達の雰囲気を察したのだろう。

「行こう、アバズン男爵令嬢……」

ついにはこの場の雰囲気に耐えられなくなったのか、王太子殿下はアバズン男爵令嬢を連れて逃げるように去っていったのだ。

私は扇で隠した口元を緩ませる。そこに、ベーカー伯爵令嬢とクラスの生徒が声をかけてきた。

「なかなか良かったわよ。サマーリア公爵令嬢」

「さすがです、サマーリア公爵令嬢！」

「美しいだけでなく、貴族の誇りまで持ち合わせているなんて……」

「ありがとう。でも、困ったわね……」

私が首を傾げてそう言うと、皆も困った表情になる。

そのため頃合いと感じた私は、皆に聞いてみることにしたのだ。

「あなた達、王太子殿下とアバズン男爵令嬢のことはご家族に相談しているの？」

「できるわけないじゃない。婚約者候補が男爵令嬢一人にも勝てないのかって怒られるだけよ」

「王族のことを言って、後で何があるかわかりませんので……」

「そうですよ。私達は王族を敵にまわしたくはありませんから」

予想どおりの答えを言ってきたので、私は違うわよと首を横に振る。

「いいかしら。私達は貴族よ。貴族は身分に相応(ふさわ)しい振る舞いをしなければならないわ……って、これは建前で、このままだとアバズン男爵令嬢が王妃になってしまうわよ」

最後の方は小声で囁くように言うと、皆の顔色が真っ青になった。それを見た私は微笑み、諭すように皆を見回す。

「私達じゃ何もできなくても、親なら何かいい方法を思いつくかもしれないわ。だから、さりげなく今日あったことに付け足す形で相談してみなさい」

そう言うと皆納得した表情で頷き、どういう風に親に相談しようかと話し始めた。私の目論見どおりに。

……これから徐々に広がっていきますよ。王太子殿下とアバズン男爵令嬢の醜態がね。

私は彼らを見ながら扇で隠した口元を歪めるのだった。

その日、私はお祖父様であるドルフ・ベルマンド公爵が経営している王都のカフェに来ていた。もちろん、遊びに来ているわけではなく断罪劇を防ぐための行動である。

とはいえ、報告を待っている間、つい和んでしまっていた。まあ、このカフェの内装はお祖父様が私の好みに合わせて作ってくれたのだからリラックスするのもしょうがない。

本当にいい雰囲気ね。

紅茶の香りを楽しみながらそう思っているとルリアが戻ってきたので、気持ちを切り替える。そんな私にルリアは資料を渡し、言ってきた。

「かなり調査が進んだようです」

「そう。急なお願いだったのに、さすがはお祖父様ね」

渡された資料に目を通すと想像以上のことが書かれており、つい目を細めてしまった。

国外と取り引きしている商会の帳簿まで調べることができたのね。

感心しながら報告書に目を通していると、ルリアが口を開いた。

「国外との取り引きは全て四大公爵家を通さないといけない決まりになっていますから、意外と簡単だったみたいです。それでお嬢様、こちらの商会が仕入れた輸入品を見てください」

「何かしら……」

私はルリアが指差した項目を見て思わず首を傾げてしまう。

「なぜ、国内で生産されているものをわざわざ輸入するのかしら？」

「ですよね。友好度を上げるためにしては、数が少なすぎると思います」

「怪しいわね。それにこのテアドロ商会の共同経営者は、最近台頭してきた子爵家や男爵家ばかりじゃない……」

しかも、これら全ての貴族が、王太子派閥に入っているのだ。

王太子派閥であり、国外と取り引きできるテアドロ商会。やりようによっては毒を仕入れることも可能……。これは怪しすぎるわね。

そう思っているとルリアが聞いてきた。

「では、ここから調べますか？」

「ええ、お願い。それと、この商会がやっているお店も見てみたいわ」

「それならちょうどこの近くに衣類や小物を取り扱っているお店があるそうです」

「なら、すぐに行きましょう」

そう言って立とうとした直後、私は扇で顔を隠した。アバズン男爵令嬢とカイエス伯爵令息がカフェに入ってきたからである。二人は私に気づくこともなく、ここから離れた席に座ると楽しげに喋（しゃべ）り出した。

まったく節操がないわね。

私は、楽しそうな表情で何かを話すカイエス伯爵令息と、それに何度も相槌を打つアバズン男爵令嬢を見る。きっと今はカイエス伯爵令息をたらし込んでいる最中なのだろう。

呆れていると、ルリアが小声で声をかけてきた。

「お嬢様、裏口から出ますか？」

もちろん私は間髪容れずに頷く。正直、アバズン男爵令嬢とは極力接触したくない。

また難癖つけられるのは嫌だものね。

そう思いながら、二人にバレないよう裏口から出ると、テアドロ商会が経営している店に向かったのだった。


「なかなか面白いものを売ってるのね」

私が店内を見回しながらそう呟くと、ルリアが顔を顰めて頭を振る。

「面白いどころか下品ですよ」

「あら、そうかしら？」

近くにあったドレスを一着手に取って見ると、確かに派手で露出が多かった。しかも、よくよく見ると、先ほどアバズン男爵令嬢が着ていたドレスにも似ている。

値段もまあ、そこまでではないし、これぐらいなら男爵家でも買えるかしら。

一瞬そう思ったが、すぐにその考えを改める。

遡る前のアバズン男爵令嬢はあらゆるものを王太子殿下や兄、そしてカイエス伯爵令息に購入してもらっていたから。そのため、値段を気にする必要などないだろうと。

だから今日のドレスも、きっと誰かに買ってもらったというところね。まあ、とりあえずはテアドロ商会がどういうところかわかったわ。貴族というよりは平民に合わせた店ってところかしらね。

そんなことを考えつつ手に持っていたドレスを眺めていたら、ルリアに奪われてしまった。

「お嬢様にはこのような下品なドレスは似合いません」

「安心しなさい。ただアバズン男爵令嬢が着ていたドレスに似ていると思っていただけだから」

私がそう言うと、ルリアはあからさまにホッとした表情になる。まあ、自分が仕えている令嬢がこんなドレスを着ていたら私なら間違いなく絶望するだろう。

場合によってはこのドレス、娼婦に見えてしまいそうだけれど……。まあ、アバズン男爵令嬢にはぴったりでしょうね。

そう思いながら店を見渡していた時、あるものに気づき思わず息が止まりそうになった。なぜなら、そこには私にとって一生忘れられないものが置いてあったからだ。

……なぜ、こんなところに。

私はフラつきながらもそれが置いてある場所に行く。
そして、それを手に取った瞬間、怒りが込み上げてきたのだ。
あの日、私を嵌めた人達は、さぞ楽しかったでしょうね。なら……
私は小瓶を顔に近づけ、じっくり眺める。
「次は私が楽しんでもいいわよね……」
そう呟き、口元を緩めるのだった。

第四章　回避

一ヶ月後、ついにミーア・アバズン男爵令嬢には、フェルト・ロールアウト王太子殿下、サジウス・サマーリア公爵令息、ブラウン・カイエス伯爵令息が常について回るようになった。

しかも、今ではアバズン男爵令嬢は自分のことをミーアと呼び、三人と互いに名前で呼び合っているのだ。要は前回よりも二ヶ月ぐらい早くなっているのである。ただ、王太子殿下はまだ淡い恋程度で本人は自覚していないようではあるが。

「ふん」とリリアン・ベーカー伯爵令嬢が四人を離れたところから一瞥（いちべつ）した後に去っていく。ちなみに彼女はあれからいっさい王太子殿下に関わらなくなった。まあ、愛想が尽きたのだろう。前回も、この状況をもっと早く知っていたら彼女が私を殺そうとすることはなかったのかもしれない。

もちろん、私は軽めにだが、王太子殿下に注意をし続けている。何せ、一応そういう行動をしないと周りがうるさいからだ。まあ、しかし、そろそろ王太子殿下に嫌われて話もしてくれなくなりそうなので、その前に私も次の段階に入ることにしたのだが。

「……久々だな」

今日は婚約者候補としての定期的な交流の日なのだが、王太子殿下は遅れてきた挙句、悪びれもせずそう言ってきた。ちなみに先月はアバズン男爵令嬢と遊ぶという、王太子殿下曰（いわ）く『大事な用事』で来なかったため、婚約者候補として会うのは二ヶ月ぶりだ。

学院でもあまり見かけないから、一週間ぶりに王太子殿下の顔を見た感じでもあるのよね。

正直、私は王宮のテラス席でこのまま一人で庭園を眺めながら、紅茶の香りを楽しんでいたかったが仕方なく紅茶を置き、王太子殿下の顔を見る。

「……ええ、そうですね」

作り笑顔でそう答えると王太子殿下がなぜか黙ってしまったので、私は早速、王太子殿下にとって嬉しくなるような話を振ってあげる。

「王太子殿下は将来、ミーア・アバズン男爵令嬢とはどうされるつもりですか？」

私がそう聞くと、王太子殿下は意味がわからないというように首を傾げる。

「どうするって……。何を言っているんだ？」

「もちろんミーア・アバズン男爵令嬢を将来的に側室として迎え入れるのか、それとも将来の王妃として迎え入れるのか、どちらかと思いまして」

すると殿下は驚いた表情を浮かべる。

「な、なぜ、そういう話になるのだ？」

「あら、王太子殿下は常にアバズン男爵令嬢といらっしゃるじゃないですか」

「そ、それは友人として……」

そう言いつつも王太子殿下の目は泳いでいた。きっと淡い恋心に自分自身でも気づき始めているのだろう。だから、私は更にもう一歩踏み出せるように手伝ってあげることにする。

「このままだと卒業と同時にアバズン男爵令嬢に会えなくなりますが、王太子殿下は大丈夫なのですか？　何せ卒業したら王太子殿下は将来この国の国王になるため、王宮で公務の勉強を更に踏み込んでするのですよ。そんな王太子殿下に婚約者でもない一生徒の男爵令嬢が会うなんて許されることではありません。……むしろ、あそこまで仲がいいのですから、二度と会わせてもらえないかもしれませんよ」

そう言うと、王太子殿下がハッとした表情で固まった。私は内心笑ってしまう。

すっかり虜（とりこ）になってるわね。まあ、あんなことを何度もされたら、どんどんのめり込んで側から離れられなくなるわよね。

私は、上目遣いで王太子殿下をこれでもかと褒めちぎるアバズン男爵令嬢と、謙遜しながらもとても嬉しそうな表情をする王太子殿下を思い出す。

瓶の蓋を開けてあげただけであそこまで普通褒めないでしょう……

私は内心溜め息を吐きながら、アバズン男爵令嬢に虜になっている哀れな存在を見つめる。

「……私は王太子殿下の幸せを応援しますよ」

私が続けてそう言うと、王太子殿下は驚いた顔をする。

「……な、何を言っているんだ？」

「何をって、王太子殿下ならもうおわかりでしょう。私に言わせないでください」

ついイラッとしながら答えると、王太子殿下は傷ついた表情で私を見てきた。

「……バイオレットは私のことをなんとも思っていないのか？」

「はっ……」

思わず変な声を出す。そしてつい呆れた表情を向ける。

「……王太子殿下、この半年間のご自分の行動を思い出してください。あなたの隣に一番いらした方は誰ですか？」

「あ、あれは何度も言うようだが友人として……」

「では、友人のアバズン男爵令嬢とは卒業後は会わなくても大丈夫ということですね？」

「そ、それは……」

王太子殿下は案の定、言葉に詰まってしまう。そんな姿に私は内心嗤ってしまうが、表面上は優しく微笑む。

「早く気づいてくださいね。そうすれば私は王太子殿下の良き友人としてお手伝いしますから」

そう言って立ち上がる私を王太子殿下は顔を向けてくるだけで、何も言ってくることはなかった。それでも私は無言で淑女の礼をし、怒りで身を震わせているルリアを連れ、足早にその場を離れ、王宮の一室へと向かうが。


理由は聞いていないが王妃陛下に呼ばれていたから。まあ、なぜ呼ばれたのかはだいたい想像できていたけれど。

王太子殿下の最近の行動に関してでしょうねと。何せもう耳に届いているだろうから。

そう思いながらルリアを廊下に待たせて部屋に入ったのだが、その瞬間、軽く驚いてしまう。何せ部屋には王妃陛下だけじゃなく国王陛下もいたから。ただすぐに当然かと冷静になれたが。お二人の方は違うようだけれど……

「堅苦しいのはいい。座ってくれ」

「……かしこまりました」

私が淑女の礼をせずにソファに座ると、国王陛下がすぐ口を開いてきたから。

「リリアン・ベーカー伯爵令嬢が婚約者候補を辞退した。まあ、後ろ盾をしていた彼女の祖父――大臣の一人がフェルトを見限ったんだがな」

内容を聞き、お二人の様子に……いや、色々と納得する。

「……そうだったのですか」

つまりリリアン・ベーカー伯爵令嬢は祖父の後押しがあったからこそ王太子殿下の婚約者候補になれたのだろう。そして前回、私が殺されそうになったのも、その祖父の思惑によるものに違いないと。

要は知らないうちに派閥争いに巻き込まれていたのだ。

そう納得していると、今度は王妃陛下が質問してくる。

「今のフェルトは王太子として相応しい存在かしら？」

「……おっしゃっている意味がわかりません」

「まったく相応しくありません」とは言えず、とりあえず下手なことを言うと後が面倒臭そうなのでそう答えると王妃陛下は報告書を私に見せてくる。

「学院でのフェルト達の行動は報告されてるわ」

「では、なぜ正そうとなさらないのでしょうか？」

「それは……」と、王妃陛下は一瞬、顔を顰めたが、国王陛下の視線に気づくと重い口を開かれる。

「最初はあの子が自分の意見を言うようになって成長しているように見えたの。でも、間違いだったわ。今では何を言っても聞かないのよ」

国王陛下も困った表情で頷く。

「ちなみに私達の話を聞かない理由は男爵令嬢のせいだけではない。どうやら、私を玉座から降ろしたい派閥が水面下で動いていてフェルトを持ち上げているらしいんだ。だから、下手に手を出せなくなってしまった」

「それなら、早めに手を打たないと……」

「ああ、フェルトを操り人形にして内乱を起こすかもしれないしな。だが、だからこそ、フェルトに関してはこのままにしておくことにしたのだ」

国王陛下はそう言って悔しそうな表情を浮かべるため、私は内心驚いてしまう。何せ王太子殿下に甘い国王陛下がそんな判断をするとは思わなかったから。まあ、すぐ裏を返せば、それだけ王太子殿下のやっていることは看過できないものだったのだろうと理解したが。

私が蒔いた種の芽が出たってことなのかしら……

私はそう思いながら口を開く。

「……王太子殿下を餌にするわけですね」

「そうだ。まあ、フェルトの卒業パーティーまでには水面下で動いている連中を炙り出し、ケリをつけるつもりだ。それまで、申し訳ないがサマーリア公爵令嬢にはあいつの婚約者候補でいてほしい」

「……かしこまりました」

私はそう答えて俯く。これは、がっかりしているわけじゃなく、笑いそうになったので顔が見えないようにしているのだ。何せ、これで私は確実に王太子殿下の婚約者にならなくて済むわけだ。内心大声で笑ってソファの上で飛び跳ねたい気分である。しかし、すぐに一番の問題である毒物の件がまったく解決できていないことを思い出し、顔を顰めた。

このまま婚約者候補を続けていたら絶対に仕掛けてくるわよね。そして私に罪を被せてくる。でも、いったい誰が毒物をこの国に持ち込んだのかしら……

そんなことを考えていたら、国王陛下が申し訳なさそうに言ってきた。

「サマーリア公爵令嬢には本当に申し訳ないことをしていると自覚している。それでだが、次の王太子は第二王子のエイデンにするつもりだ。優秀なサマーリア公爵令嬢にはエイデンの婚約者になってもらおうと思うのだが、どうだろう？」

「……第二王子殿下には既に婚約者がいらっしゃいますよね？」

「事情を説明すればきっと理解してくれる。もし、サマーリア公爵令嬢が良ければ今の婚約者は第二夫人にしてもいい」

「……失礼ながらそれは王命でしょうか？」

国王陛下の身勝手な考えに若干イラッとしながらそう聞くと、国王陛下は首を横に振った。

「違う……。だが、頭の隅にはこの考えを入れておいてほしい」

「……かしこまりました」

私が頷くと国王陛下と王妃陛下も頷き、立ち上がった。私も立ち上がる。

「では、今日のことは内密にね。エイデンにもまだ言ってないから」

王妃陛下はそう言って国王陛下と一緒に応接間から去っていった。残された私はソファに倒れ込むように座る。

「はあっ、絶対、王妃なんかやらないわよ。しかし、前回とかなり状況が変わったわ……。まあ、結果的に良かったけど読めない部分も出てきてしまったわね……」

そう呟く間にも口元がどんどん歪んでいく。

卒業パーティーね……。なら、前回を超えるぐらい盛大に祝ってあげないと。

私はそう思いながら、次の計画を頭の中で練るのだった。

その後、私はルリアを連れてしばらく王宮の中庭に咲いてる花々を観賞していた。まあ、半分は父への対策を考えていたのだが……。屋敷に戻れば父が「どうだった？」と必ず聞いてくる。正直「王太子殿下はもう終わりですから、諦めてください」と言いたいが、この件は卒業パーティーまでは秘密である。だから、花を観賞しながらどうやって父を黙らせるかを考えていたのだ。

余計なことはしたくないのよねえ……。特に、無知な人達のために動くのは……

そんなことを考えながら、綺麗に咲いた花を見つめていると、王太子殿下と同じ色の髪と瞳をした人物がこちらに向かって歩いてきた。

エイデン・ロールアウト第二王子殿下。その爽やかな見た目から王太子殿下と同じぐらい人気がある人物である。ちなみに前回は、次期宰相として仕事を覚えるために日々国内外を走り回っていたので、私の断罪劇には関わっていない。

もしあの場にいて第二王子殿下が介入していたら、もっと違った終わり方をしていたかもしれない。何せ第二王子殿下は『高貴な者の義務（ノブレスオブリージュ）』を私以上に理解している人物だからだ。

私がそんな第二王子殿下に淑女の礼をして微笑むと、第二王子殿下も微笑んでくる。

「半年ぶりだね。サマーリア公爵令嬢」

「はい、第二王子殿下。もう四大公爵家での勉強は終了されたのですか？」

私がそう聞くと、第二王子殿下は苦笑しながら頷く。

「ああ、国外にも行かされて向こうで酷い目にあったりもしたが、無事に四大公爵家全員から合格をもらった。そんなわけで、剣の腕はサマーリア公爵令嬢より上だと自負してるよ」

「まあっ。剣の腕だけを磨いたのですか？」

「正確には剣の腕もだね。いや、剣ばかり振っていたかな」

そう言って第二王子殿下が肩をすくめてウィンクしてくるため、私は思わず笑ってしまう。昔から冗談が好きな人物で皆をよく笑わせていたのを思い出したから。

まあ、今回は、遡る（さかのぼ）前と比べて、だいぶ早く勉強を終えてきたようだけれど。

こんなところにも違いが出てきているのね……

そんなことを考えていると、第二王子殿下が、急に真面目な口調になる。

「兄上が最近、馬鹿なことをしていると聞いたのだが本当なのか？」

「それは……」

正直、どう説明しようか迷ってしまった。第二王子殿下は真面目な方なので、きっと話をしたら注意をしに行ってしまうだろうから。

陛下達の思惑もあるから王太子殿下のことはほっといてほしいのだけれど、どうやって誤魔化そうかしら……

そんなことを思っていたら、当の王太子殿下がこっちに歩いてくる。しかも、なぜか強張った表情で。もちろん私にはわからない。それは、王太子殿下が口を開いた後でも。

「バイオレット。どうしてエイデンと一緒にいるんだ？」

私と第二王子は思わずお互いを見て首を傾げる。まあ、ただし、とりあえずは答えなければと思い、私は口を開いたが。

「半年ぶりに王宮にお帰りになられた第二王子殿下と偶然顔を合わせたので、話をしていただけですが……」

すると、王太子殿下はハッとしたような顔をした後、ばつが悪そうにする。第二王子殿下の方は何かに気づかれたのか手を軽く叩き、嘲笑まじりに喋り始めたが。

「なるほどね。安心してよ。僕達は兄上と噂の男爵令嬢みたいな怪しい仲ではなく、友人として話していただけだからさ」

「なっ！　私とミーアはそんな仲じゃない！　彼女は仲のいい友人だ！」

「友人ねえ……。じゃあ、兄上は男の友人とも恋人のように腕を組むんだ？」

第二王子殿下がそう言って笑みを浮かべると、王太子殿下は顔を真っ赤にして弟を睨む。そんな王太子殿下に「あなたは誰も睨む権利なんてないでしょう」と心の中で突っ込んだ後、私は冷めた口調で言った。

「王太子殿下、私は半年ぶりに会う大切な友人と話をしているだけですよ……」

そう言って私は微笑みながら第二王子殿下にゆっくりと近づく。すると王太子殿下は凄い形相で私を怒鳴ってきた。

「エイデンに近いぞ、バイオレット！」

「……なぜ、私は友人に近づいては駄目なのですか？　王太子殿下とアバズン男爵令嬢よりは距離をとっていますよ？」

嫌味も込めてそう聞くと、王太子殿下は途端に挙動不審になった。

私は心底呆れてしまう。

何を考えているのかしらね。まあ、王太子殿下の考えていることなんて理解したくもないし、どうでもいいわ。

私はそう思いながら作り笑いを浮かべて言ってあげた。

「王太子殿下、私は友人と久々に二人で話をしたいのですが……」

「……わかった」

王太子殿下は力なく頷き、フラつきながら中庭を去っていく。そんな様子を呆れて見ていると、同じ表情をした第二王子殿下が声をかけてくる。

「兄上は自分の気持ちにすら気づいていないのか？」

「きっとアバズン男爵令嬢との仲を認めたくないのでしょうね。理由はよくわかりませんが……」と、そう答えると、第二王子殿下は驚いた表情を向けてくる。

「いや、そうじゃなくてサマーリア公爵令嬢への……いや、なんでもない。それでサマーリア公爵令嬢はどうするつもりだ？」

「放っておきますので、第二王子殿下もそうしていただけると嬉しいです」

すると第二王子殿下はしばらく考え込むようにしていたが、ゆっくり頷いてくれた。

「……ふう、もうそういう方向なんだね。わかったよ。最悪、僕ができる範囲でサマーリア公爵令嬢をフォローする。後は四大公爵家に掛け合うから安心して」

「ありがとうございます、第二王子殿下」

「そのかわり、今度僕の帰還祝いのパーティーに友人として出てもらえるかい？」

「もちろん喜んで。婚約者のナタリエ様にもご挨拶したいですから」

「うん、彼女も喜ぶよ。――そういえば、ネオンハート王国から、今まで姿を見せなかった謎の王太子殿下がついにやってきてパーティーに参加するんだ。前情報だと丸刈り頭で王子には見えないゴツい大男らしいよ。もし兄上が失礼なことをしたら捻り潰されちゃうかもって……ああ、兄上は男爵令嬢と街で遊ぶのに夢中でパーティーには来ないかもね」

第二王子殿下が茶目っ気たっぷりに言ったため、私はつい笑ってしまう。しかし、それと同時にチャンスがきたとも。それは前回、一度も隣国の王太子殿下と会わないまま毒殺の罪を着せられたから。

帰ったら調べないといけないわね……

まあ、そう思いながらも今だけは嫌なことを忘れて、第二王子殿下との会話を楽しむのだが。だって帰れば面倒事が待っているから。

「どうだった？」

案の定、屋敷に帰り食卓に着くとすぐに父が聞いてきた。そのあまりにもわかりやすい行動に私は心底呆れてしまう。

「殿下とはしっかりと話をすることができましたよ」

そう答えて微笑むと、父は勘違いして満足そうに頷いた。

「その調子でしっかりと会話をしていき、王太子殿下の心を掴んで婚約者になるんだぞ」

私はただ微笑むだけにしておく。

嘘でも頷くのは嫌だったから。だが、それでも父は微笑んだことを了承と受け取ったらしく、上機嫌でワインを飲み始めるが。すると今度は母が兄がいない食卓を不満げに見つめ、愚痴を言い出し始めた。

「サジウスはまた今日も遅くまで遊んでいるわ。まったくサマーリア公爵家を継ぐ者としての自覚がどんどんなくなっているわね……」

「もう自覚なんてないと思いますよ。何せ今のお兄様の頭の中はお花畑でいっぱいですからね」

淡々とそう言ってスープを飲むと、母は急に歯軋り（はぎし）し、テーブルを叩く。

「あの娼婦みたいな男爵令嬢のせいよ！　あの女が付き纏（まと）っているからサジウスがおか

しくなったのよ！」

「付き纏（まと）っているですか……。最近は逆のような気もしますけど……」

学院での兄の様子を思い出しそう答えると、母に睨まれてしまった。

「違うわよ！　間違いなくサジウスが付き纏（まと）われているのよ！　ああ、もしかしたら騙（だま）されているのかもしれないわね……」

「まあ、騙（だま）されているというのには私も同意しますが……」

思わず私がそう言うと母は目を輝かせる。

「やっぱりバイオレットもそう思うわよね！　なら、サジウスの目を覚まさせてあげないと！」

「……どのようにしてですか？」

「アバズン男爵家を調べるのよ。きっと何か出てくるわよ」

「……アバズン男爵家ですか。あそこは貧しくて領地もほとんどありませんが、男爵とその夫人は人柄が良くて、領民からの評判もいいみたいですよ」

そう言ってパンを取ろうと手を伸ばしたら、母が驚いた表情で私の手を掴んできた。

「バイオレット！　あなたもう調べたの⁉」

「……まあ、彼女は殿下の周りをうろついてましたからね。ちなみにミーア・アバズン男爵令嬢は、学院に入る前はたまにおかしなことを言っていたぐらいで、さほど他の令嬢とは変わらなかったみたいです」

「じゃあ、学院に入ってから変わったというの？」

「私の考えでは学院に入るまでは感情を抑えていたのではないかと……。何せアバズン男爵令嬢は入学初日に殿下に近づいてきたのですからね」

　そう答えながら掴まれた手をなんとか引き抜くと、母は代わりにパンを掴み、怒りで震えながら兄の席を睨む。

「……やっぱり、あの女は娼婦でサジウスは騙されてるのよ！」

「かもしれませんね……。ただお兄様にも問題はあると思いますが……」

　兄の席を冷めた目で見ながらそう言うと、今度は母だけでなく父にも睨まれてしまった。

「違うぞバイオレット。サジウスは騙されているだけだ」

「そうよ。ああ、もうこうなったらサジウスの目を覚まさせる方法を考えなきゃ」

「それはいい案だな」

　両親はそう言うと、あろうことか食卓で、ああでもない、こうでもないという不毛な話を始めだす。

もちろん、そんな光景を見て私がうんざりとしたのは言うまでもない。

何をしたって余計燃え上がらせるだけなのに……

そう思いながら再び兄の席を見たその時、ふと前回のことを思い出した。それは、今日のように兄が遅くまで帰ってこない日が増えてきた頃、学院で噂が流れたのである。

アバズン男爵令嬢は兄達と体の関係にまで発展していると。

まあ、この噂はしばらくして有耶無耶（うやむや）になり消えてしまったが。何せ、相手が王太子殿下や公爵令息という高位の人間ばかりなので生徒達が噂を広げられなかったから。いや、それよりもその時期に大きな事件があり、噂どころではなくなったのだが。

ブラウン・カイエス伯爵令息の婚約者、ヒルダ・ルスタール伯爵令嬢が学院からの帰り途中に賊に襲われ、森の中で凄惨な状態で亡くなったと。ちなみにルスタール伯爵令嬢を襲った賊は、ミネルバが指揮する部隊が見事に討ち取り、彼女はその功績で騎士団の副団長の地位を得た。

まあ、副団長の地位は当時、副団長だったルスタール伯爵が溺愛する娘を殺されてしまい、失意のあまり自殺してしまったからミネルバに回ってきたのだが。しかし、考えてみたらなんだかキナ臭いわ……

当時、ミネルバは義弟であるカイエス伯爵令息を溺愛していた。それが姉弟を超えた思いであることは、ミネルバ自身から聞かされていた私が理解している。処刑前に鞭で打たれながら、散々歪んだ思いを聞かされたのだ。それにミネルバは上昇志向が強い女でもある。いつか騎士団長になりたいとも言っていた。だから、地位と愛する男の両方を手に入れるために……。私はそう考えた後、ワインを一口飲み、口角を上げた。

ふふ、残念だけどその計画は全部捻り潰してあげる。

私はそう思いながら、血のように赤いソースがついた鹿肉のソテーを口に入れるのだった。

人気のない学院の廊下の隅で、一組の男女が言い争いをしていた。ブラウン・カイエス伯爵令息とその婚約者ヒルダ・ルスタール伯爵令嬢である。

「やってるわね」

その光景を遠目に見ながら呟くと、後ろに控えていたルリアが聞いてきた。

「止めますか？」

「いいえ、もう終わるみたい」

そう答えると同時にカイエス伯爵令息が乱暴にルスタール伯爵令嬢を押しのけ、去っていった。私は顔を顰めながらルスタール伯爵令嬢のもとに行き、声をかける。

「酷いことするわね……」

「……サマーリア公爵令嬢、お見苦しいところをお見せして申し訳ありません」

「ふふ、ルスタール伯爵令嬢。そんなことを言われたら私なんか毎日見苦しいところを皆に見せてるわよ」

そう言ってカイエス伯爵令息が合流した人達を扇で軽く指すと、ルスタール伯爵令嬢はハッとして慌てて頭を下げてきた。

「も、申し訳ありません。そんな意味で言ったのではないんです」

「わかってるわよ。それよりも、あなたに聞きたいことがあったの」

「私にですか？」

「ええ。まだ、カイエス伯爵令息との婚約は続けたいのかしら？」

私が尋ねると、ルスタール伯爵令嬢は辛そうな表情で答えた。

「……正直迷っています。前は寡黙（かもく）でも優しい方だったんです。それがアバズン男爵令嬢が現れてからどんどん私への態度が冷たくなって……」

「そう……。このことはルスタール伯爵には相談したのかしら？」

「いいえ。ただ、最近ミネルバ様に相談して案をいただき試しているのですが、あまり上手くいかなくて……」

ルスタール伯爵令嬢はそう答え、悲しげな顔になる。そんな彼女を見ながら、私は確信していた。

あの女、最低だわね。まあ、でもルスタール伯爵令嬢をカイエス伯爵令息という馬鹿な男から引き離してくれたのは感謝するわよ。

私はルスタール伯爵令嬢の話で気になった部分を聞いてみた。

「……そのミネルバから教えてもらった案って、どういう内容か教えてもらえる？」

「間違っている部分を強く指摘することが大事だと言われました。ブラウン様はそういう人に弱いから、そうすれば言うことを聞くだろうと……」

「それ、おかしいわね……」

私の呟きに、ルスタール伯爵令嬢は首を傾げる。

「おかしい……ですか？」

「ええ、だってカイエス伯爵令息が尻尾を振って纏わりついているご令嬢はどんな性格かしら」

「……か弱くて何もできない感じでしょうか」

そう答えた後、ルスタール伯爵令嬢はハッとして私を見てくる。

「まあ、アバズン男爵令嬢はそういう演技をしてるのだけれど、ミネルバがあなたに指示していることは真逆よね」

「そんな……。どうしてミネルバ様は私に嘘を？」

「ミネルバはカイエス伯爵令息を溺愛してるから、あなたに取られたくなくてそんなことを言ったのでしょうね」

私は毎日のように鞭を打ってきたミネルバのことを思い出す。

前回、ミネルバは邪魔な婚約者を消したから、カイエス伯爵令息を自分のものにできると思ったに違いない。しかし、彼は「俺はミーアに全てを捧げる」と馬鹿なことを卒業パーティーで宣言した。ミネルバはおそらくアバズン男爵令嬢が王太子殿下とくっつくからと気にもしていなかったのだろう。ところが、愛する男はアバズン男爵令嬢に全てを捧げてしまった。

おかげで、カイエス伯爵令息を自分のものにできないと理解したミネルバは私にストレスをぶつけてきたのだ。

思い出したら腸が煮えくり返ってきたわ……

眉間に皺を寄せていると、ルスタール伯爵令嬢は困ったように口を開いた。

「それじゃあ、私はブラウン様と仲良くしようとしても、ミネルバ様に邪魔され続ける可能性があるんですね……」

「カイエス伯爵家から出たといっても、ミネルバは元姉ですものね。それに一番の問題は、カイエス伯爵令息自身があなたをどう思ってるかじゃないかしら?」

「確かに……。でも、あの感じですと私が何をしようが無理ですよね……」

ルスタール伯爵令嬢はそう言って離れた場所にいるカイエス伯爵令息を見つめる。私もつられて視線を向けると、王太子殿下や兄と一緒にアバズン男爵令嬢と楽しそうに話をしていた。周りがまったく見えていない様子で……

「本当、馬鹿な連中よね……」

扇を口元に当てて呟くと、ルスタール伯爵令嬢は驚いたように私を見てきた。何せ、私が言った『連中』の中には王太子殿下も含まれるからだ。

「そ、そんなことを言ってしまって大丈夫なのですか?」

「ふふ、いいじゃない。ここは学院だから本来は王族も貴族も平民も関係ないのよ。それに私は本当のことを言っただけだもの」

そう言って王太子殿下達の方を見ながら微笑むと、ルスタール伯爵令嬢も同じ方向を見て頷いた。

「……確かに馬鹿みたいです」

「ふふ、それでいいのよ。そんな馬鹿の一人であるカイエス伯爵令息のことをルスタール伯爵に相談したらどうかしら？　私も少しルスタール伯爵にお話ししたいことがあるから、口添えしてあげるわよ」

「ほ、本当ですか？　それなら、ぜひ、お願いします」

ルスタール伯爵令嬢は嬉しそうに言い、私に頭を下げる。そんな彼女を優しく見つめた後、私は楽しそうにアバズン男爵令嬢に話しかけているカイエス伯爵令息を蔑んだ目で見る。

笑えるうちにたくさん笑っておいた方がいいわよ。

私はそう心の中で言うと、扇で隠した口元を歪ませて笑うのだった。


私達はそれから、ルスタール伯爵に会いに騎士団の兵舎に向かった。

「わざわざ、サマーリア公爵令嬢が来られるとは、どういったご用件ですか？　それにヒルダまで……」

ルスタール伯爵は私と娘の組み合わせに不思議そうな表情をしていた。そんなルスタール伯爵に、緊張した面持ちでルスタール伯爵令嬢が話し始める。

「お父様、最近、ブラウン・カイエス伯爵令息がアバズン男爵令嬢と仲良くされているのはご存知ですか？」

「……知らない。アバズン男爵令嬢といえば王太子殿下とも噂になっている令嬢だな？」

「はい、それでなんとか目を覚ましてもらおうとしたのですが……」

ルスタール伯爵令嬢が悲しげに俯くと、ルスタール伯爵は腕を組んで眉間に皺を寄せた。

「そうか……。まさか堅物で真面目なカイエス伯爵の息子がそんな愚かなことを……」

ルスタール伯爵はそう呟いた後、近くにあった万年筆を引き寄せ片手で折ってしまった。どうやら、溺愛する娘を傷つけられ怒りを抑えられなかったらしい。そんなルスタール伯爵の様子からこちらに引き込めると判断した私は声をかける。

「……ルスタール伯爵、ミネルバもなかなかのことをしてますよ」

「……ミネルバが？　どういうことですか？」

「カイエス伯爵令息の目を覚まさせようと健気に頑張っているルスタール伯爵令嬢に、嘘を教えて余計に溝を深くさせたんです」

私がそう説明した途端、ルスタール伯爵は激昂した。

「あの女……前から怪しいと思っていたんだ！」

ミネルバに関して何か思うところがあったのか、ルスタール伯爵は人を殺さんばかりの表情で立ち上がり、部屋から出ようとした。が、私はすぐさま立ち塞がる。

「証拠もなく行ったところでシラを切られますよ」

「し、しかし……」

「そこで私にいい案があります。これを……」

私はポケットから紙を取り出してルスタール伯爵に渡す。ルスタール伯爵は訝しげな表情で紙に書かれていることを読み始めたが、しばらくして私を驚いたように見てきた。私はルスタール伯爵に微笑みかける。

「ねっ、いい案でしょう」

「え、ええ……。しかし、この情報をどこで？」

「それは言えません」

そう答えると、ルスタール伯爵はしばらく考える仕草をした後、頷いた。

「……このことについて今すぐ相談させていただいてもよろしいですか？」

「ええ、ただ絶対に彼女から目を離さないでくださいね」

「……もちろん、この命に代えても」

ルスタール伯爵はそう言うと、私達の会話についていけていない娘の側に行き、優しく肩に手を置いた。

「ヒルダ、これから私はサマーリア公爵令嬢と大事な話をする。しばらく隣の部屋で事務作業をしているラムダのところに行っててもらっていいか？」

「はい」

ルスタール伯爵令嬢は頷くと私に頭を下げてから出ていった。次いで、ルリアが私に声をかけてくる。

「私も出た方がよろしいでしょうか？」

「いいえ、あなたにも手伝ってもらうわ」

「となると、今からお二人が話す内容をあの方に報告する、ということですね」

察しのいいルリアがそう言って頷いたので、私はつい微笑んでしまう。

「ええ、お願いするわね。それでルスタール伯爵、ミネルバのことを教えてもらえますか？」

「わかりました。早速ですがサマーリア公爵令嬢、あなたはミネルバに剣術指南を受けてますよね。なぜ、あいつがあの若さであの立場になれたか知っていますか？」

「確か、ミネルバの説明では前の剣術指南の教官がご高齢で引退をしたと……まさか、違うのですか？」

私が驚いて聞き返すと、ルスタール伯爵は頷く。

「はい。本当の引退理由は当時、剣術指南の教官をしていたハイネス・グルガント伯爵の息子夫婦が賊に惨殺され、その遺体を見たグルガント伯爵が憔悴しきって教えることができなくなったからなのですよ」

「……なるほど、それでミネルバが賊を討ち取ったという流れですか？」

「ええ、傷だらけになりながらね……。それで、グルガント伯爵が感謝と共に剣術指南の教官の座をミネルバに譲ったのです。だが、賊や現場を見ると、どうも矛盾点がいくつか出ましてね。それで調べているうちにミネルバが仕組んだのではないのかと……。だから、あなたが書いた紙の内容……ミネルバを疑う私の頭の中を読み取り、更にはあの女の考えや対応策まで書かれたこれを読んで驚きましたよ」

「ふふ。だから、すぐに信じてもらえたのですね。でも、私の考えだとミネルバには騎士団の中に仲間がいるはずです。ちなみにラムダという方は大丈夫なのですか？」

「ラムダは殺された夫婦の息子で、私の信頼できる部下の一人です。それにミネルバの仲間の目星は既につけてますよ」

　そう言ってルスタール伯爵は新しい紙を出し、次々と目星をつけている人物の名前を書いていく。そして書き終わると、私にそれを渡した。

「確認してみてください」

「わかりました」

ルスタール伯爵がくれた紙に目を通した私は、つい口角を上げてしまう。

国外の商会と取り引きしている貴族の息子もいる。これなら、毒薬の入手ルートもわかるかもしれないわね。

私はルスタール伯爵に笑みを向ける。

「では、動くタイミングも読めそうですね」

「ええ。信用できる部下を張り付かせます」

「ではルリアは、今の話の報告とミネルバの周りの調査依頼をお願いね」

「わかりました。屋敷に帰ったら至急遣いを出します」

「では、これで私がやるべきことは全てやりました。ルスタール伯爵、後はよろしくお願いしますね」

私がそう言うと、ルスタール伯爵は笑顔で頷いた。

「はい。サマーリア公爵令嬢、本当にありがとうございます」

「お礼の言葉は今回の件が無事に終わってからでいいですよ」

そう言いながら、とりあえずルスタール伯爵を味方につけられたことに内心ホッとする。

後はミネルバの計画を防ぎ、なおかつ毒薬を誰がこの国に入れたかわかれば完璧なのだけれど……

ルスタール伯爵からもらった紙を見つめているうちに、なんとなく確信めいたものを感じる。

後はどうやって防ぎ、あの舞台で披露するかよね。

私は先のことを想像し、扇で隠した口元を歪める。ただ、すぐに表情を戻したが。やるべきことを終わらせ、これ以上、ルスタール伯爵の仕事の邪魔をしては良くないと思ったから。

だから挨拶をそこそこに外に出たのだ。ただし騎士団の兵舎を出ようとしたところで、練習場の隅で何やら話し込んでいるミネルバとカイエス伯爵令息を見つけ立ち止まってしまったが。

ミネルバが呼んだのかしら？　それにしても、ああやって二人が話し込んでいる姿を見ると不快に感じてしまうのはどうしてかしらね。

そう思いながらも、二人が何を話し込んでいるのか気になってしまう。

きっと、碌（ろく）な会話をしてないでしょうけど、ここは少し探っておこうかしら。もしかしたら何らかの情報を聞けるかもしれないものね。

私はそう判断し、ルリアに声をかけた。

「ちょっと挨拶をしてくるわ」

「大丈夫なのですか?」

ルリアが心配そうな表情で聞いてくるが、私は微笑み頷く。

「ええ、さすがにここでは何もしてこないわよ」

そして気配を消しつつ話し込んでいる二人に近づいていったのだ。二人がこちらに気づくまでに話の内容が少しでも聞こえてくればと思ったから。残念ながら二人は小声で話しており、私の耳には何も届かなかったが。そのため、私は作戦を変更して二人にわざと大きな声で挨拶をすることにする。

「ごきげんよう、ミネルバ様にカイエス伯爵令息」

「サ、サマーリア公爵令嬢!?」

「なっ!?」

二人は心底驚いた表情で私を見てくる。

まったく、二人とも私如きの気配に気づかないなんて、きちんと日々の稽古はしているのかしら。ああ、一人は遊び呆けているみたいだからしょうがないわね。しかし、そこまで無中になって話し込んでいるなんてやっぱり怪しいわね。

そんなことを思いながら微笑んでいると、ミネルバが焦ったように聞いてきた。

「なぜ、サマーリア公爵令嬢が騎士団の兵舎にいらっしゃるのですか？」

「あら、私だっていつかは剣を持ってこのロールアウト王国のために戦うかもしれないのですよ。だから、ここに来るのは当たり前じゃないですか」

何を言っているのとばかりに首を傾げて見つめると、ミネルバは引き攣った笑いを浮かべて頷く。

「なるほど、さすがは誰もが認める将来の王妃候補ですね。その心意気、感服しますよ」

ミネルバはそう言いつつも、間違いなく馬鹿にした様子だった。しかし、私は気にせずに微笑んだ。

「いえいえ、王妃になれずとも私はしっかりと剣をとって戦いますよ。特に私に敵対する者とはね」

「……」

二人の表情が一気に張り詰めたものになる。そんな二人を見て私は扇で口元を隠し、笑みを浮かべる。

やっぱり碌なことを考えていないのね。まあ、いいわ。何が起きようと捻り潰すだけだから。

そして、先ほどから私の視線がそれるたびに睨んでくるカイエス伯爵令息に溜め息を吐く。こんなにあからさまな態度でバレないと思っているのだろうか。せめてもうちょっと上手く取り繕えばいいのに、きっとアバズン男爵令嬢に何か吹き込まれているのだろう。

疑うことを知らないのね。

そう思いながらミネルバを見つめる。今、カイエス伯爵令息とアバズン男爵令嬢の仲の良さについて話を振ったらどうなるだろうか。

しかし、すぐにその考えは捨てた。

下手なことをして警戒されるのはまずいものね。何せミネルバは今、色々と忙しいはずだから。

そう判断して私は口を開いた。

「王太子殿下の婚約者候補を妬む方が多くて大変なのよ。女性のミネルバ様ならわかってくださるでしょう？」

私が困った表情を作ってそう聞くと、ミネルバは明らかにホッとした様子で頷く。

「はい、妬みや嫉妬はいまだにありますからね」

「ええ、まったく、困ったものね。そんなことをするぐらいなら、王太子殿下の婚約者になれる器のご令嬢を出してくればいいのに」

そう言ってカイエス伯爵令息を見ると、唇を噛み締めて俯いている。きっと王太子殿下とアバズン男爵令嬢との仲を思い出したのだろう。

お兄様を含めた三人の中では、一番立場が弱いから大変よね。まあ、アバズン男爵令嬢のことだから王太子殿下と結婚したとしても相手をしてくれそうだけど。

遡る前のアバズン男爵令嬢の噂を思い出し、私は内心苦笑する。そして、もうこれ以上ここにいても時間の無駄と判断して去ることにした。

「では、私はもう帰ります。お二人の邪魔をこれ以上してはいけないですしね」

「そんなことは気にしなくても大丈夫ですよ。それより、お気をつけてお帰りくださいね」

「……」

私がいなくなるからか上機嫌になるミネルバと違い、カイエス伯爵令息は黙ったままだ。

私は気にせず、会釈してルリアのもとに戻る。

「お嬢様、大丈夫でしたか？」

「ええ、大丈夫よ。でも、早く帰って湯浴みをして汚れを落としたいわね」

そう言って微笑むと、ルリアは苦笑して頷く。

「わかりました。しっかりと私が二人分の汚れを落としますね」

「ふふ、なかなかのことを言うわね」

「はい、何せ私はお嬢様付きの侍女ですからね」

ルリアが胸を張ってそう言うので、私はつい笑ってしまう。そして、実感するのだ。

今度は一人ではないと。

「だから、今度は大丈夫……」

私は呟くと、また話し込んでいるミネルバとカイエス伯爵令息を睨むのだった。

第五章　隣国の王太子

それから数日後、私は半年ぶりに王宮に戻ってきたエイデン・ロールアウト第二王子殿下の帰還を祝うパーティーに出席していた。しかし、パーティーの主役であるはずの王家の周りは、微妙な空気が流れている。まあ、その原因は、もちろん王太子殿下なのだが。

「また、アバズン男爵令嬢と一緒にいるのか……」

「どうせ、いつものように遅れてくるんでしょう」

両陛下はもう諦めているのか、少しだけ不機嫌な程度だったが、第二王子殿下は違う。

「男爵令嬢との遊びで公務に遅れるなんて兄上は何を考えてるんだ……。父上も母上もなぜ放っておくのですか？」

第二王子殿下は案の定、怒った表情で両陛下に詰め寄る。その様子を婚約者のナタリエ・メリエール公爵令嬢が心配そうに見つめていた。私はメリエール公爵令嬢に近づき、声をかけた。

「大丈夫よ、メリエール公爵令嬢。両陛下も第二王子殿下と本当は同じ気持ちのはずだから」

「それならいいのだけれど……」

「まあ、心配したって私達では何もできないわよ。それより少し気分転換に歩きながら話をしない？」

「そうね」

　メリエール公爵令嬢が頷いてくれたので、私達は早速、一緒に歩き出し、しばらくたわいのない話をする。ただ、人が少ないパーティー会場の端に着いたところで私は立ち止まるなり、メリエール公爵令嬢に囁いたが。

「メリエール公爵令嬢、これから私達の周りで色々なことが起きるかもしれないわ。けれど、一つだけ言えるのは、私と第二王子殿下は生涯友人のままでいるということよ。このことをあなたの頭の中に入れておいてね」

「それはどういう……って、まさか、そうなるというの？」

　メリエール公爵令嬢は驚いた表情で聞いてくるが、私は首を傾げる。

「さあ、何のことかわからないわ。ただ、あなたには第二王子殿下の隣に立ってしっかりと彼を支えてほしいの」

「……いいの？　こういう話をするということは、本当はあなたに声がかかったのでは……」

「さっきも言ったとおり私と第二王子殿下は友人なの。王太子殿下とアバズン男爵令嬢のようなものではなく、本物のね」

そう言って私が微笑むと、メリエール公爵令嬢は苦笑して頷いた。

「わかったわ。エイデン様の隣に立てるよう、頑張るわね」

「そんなに気負わなくてもメリエール公爵令嬢なら大丈夫よ。ただ、そのうち両陛下から意地悪な話がいくかもしれないわ。けれど気にしないでね」

「ふふ、だから声をかけてきたのね」

「ええ、勘違いしてメリエール公爵令嬢に身を引かれたら困るもの。だから、お願いよ」

「わかったわ。では私はエイデン様のところに戻るわね」

「ええ、しっかり第二王子殿下をフォローしてね」

私が淑女の礼をして微笑むと、メリエール公爵令嬢も淑女の礼をし、第二王子のもとへと戻っていった。私はその後ろ姿を見てホッとする。

「これで、また一つ問題が片付いたわ。さて、後は今日一番の大仕事ね」

そう呟き、会場の隅にポツンと立っている隣国の王太子殿下とその従者を見る。

丸刈りの坊主頭で王子には見えないゴツい大男。第二王子殿下が言ったとおりの見た目ね……。まあ、見た目なんてどうでもいいわ。そんなことより、危険が迫っていることを上手く伝えなければ。

私は隣国のアルダム・ネオンハート王太子殿下のもとへ行き、淑女の礼をした。

「ごきげんよう。アルダム・ネオンハート王太子殿下。私はサマーリア公爵家のバイオレットと申します。ところで、あまりパーティーは楽しまれていないようですね」

そう言って微笑んでみせると、ネオンハート王太子殿下は驚いた顔をし、隣にいた目元を長い黒髪で隠した従者は顎(あご)に手を当てる。二人の反応に、声をかけるタイミングを間違えたかと心配したが、すぐにネオンハート王太子殿下が笑顔を見せた。

「ははは、まだ、この国に来たばかりなので緊張してるのですよ。しかし、こんなに美しい女性に声をかけていただけるのなら来た甲斐がありました」

「まあっ。ネオンハート王太子殿下はお世辞がお上手ですね」

私は内心ホッとする。

良かった。これで話ができるわね。

私が微笑んでいると、ネオンハート王太子殿下が頭をかきながら言ってきた。

「いやあ、こんなナリでこういうことを言うと、すぐにご令嬢達は苦笑いを浮かべて逃げてしまうんですが、サマーリア公爵令嬢は違うようで良かった」

「きっと逃げた令嬢は目が曇っていらっしゃるのでしょう。ですが、そういう選別の仕方ができるネオンハート王太子殿下が私は羨ましいです」

私がそう言うと、ネオンハート王太子殿下はポカンとした顔になる。すぐに手を打ったが。

「そうか。そういう考えもありますね。これは大変勉強になりましたよ。はっはっは」

更にはしばらく大笑いも。隣にいた従者に肘で小突かれると、ハッとしたように頭を下げてきたが。

「すみません。無骨者で……」

「いえ、それよりも笑われて喉が渇いたでしょう。飲み物をお持ちしますわ」

離れた位置にいたルリアに合図すると、シャンパンが入ったグラスをお盆に載せて持ってきてくれる。すると、それを見たネオンハート王太子殿下と従者が急に緊張した面持ちになった。そんな二人を見て私は思わず首を傾げてしまった。

どうして警戒しているの？　ネオンハート王太子殿下が毒薬入りの飲み物を飲んだのは、卒業パーティーの一ヶ月前でまだ時期ではないはず……。それとも、元々、警戒を

するようにしているということ？　でも、それならなぜ前回、毒薬入りの飲み物を飲んでしまったのかしら……

そう疑問に思っている間に、従者がゆっくりとグラスを取り、ジッと見つめ始めた。私は従者からそのグラスをさっと取ると、一口飲み微笑んでみせる。

「毒など入っておりませんよ」

そう言って驚いている従者に再びグラスを渡すと、従者も一口飲んだ後にネオンハート王太子殿下にグラスを渡して言った。

「大丈夫ですよ、王太子殿下」

「……そうか、ありがとう」

ネオンハート王太子殿下はホッとした様子でシャンパンを飲み干し、笑顔になる。

「いやあ、すみません。実を言うとロールアウト王国に来てそうそう、こちらの飲み物で腹を壊してしまいましてね。ははは」

「……まあっ。そうだったのですね。それなら、いいものがありますよ」

私はポケットから小袋を取り出し、二人に見せる。

「これは、遠い国から特別に取り寄せたものですが、中には細かい紙が入ってます。それを毎回、飲み物を飲む時にそっと垂らしてみてください。色が赤くなったら体には合わないと思いますので、飲むのはお控えください。そうすれば、お腹を壊す心配はだいぶ少なくなるかと思いますから」

　私が説明すると、従者が小袋を受け取り、中を確認する。彼は口元を緩め、「これを入手できるとは……」と小声で呟くと、すぐに私の方を向いた。

「感謝いたします」

「いいえ、ただこれだけでは調べきれない可能性もあるので気をつけてくださいね」

「もちろんです」

　従者は頷くと、また肘でネオンハート王太子殿下を小突く。すると慌ててネオンハート王太子殿下が口を開いた。

「ありがとうございます。サマーリア公爵令嬢」

「いいえ、何かあればいつでも言ってくださいね。では私は他の方に挨拶してきますわ」

　私は淑女の礼をしてその場を離れようとした。しかし、すぐに立ち止まって顔を顰（しか）める。なぜなら、我が国の王太子殿下がこちらに歩いてきたからである。しかも、王太子殿下の言うところの『友人』達を引き連れて……

「バイオレット、お前は一人で動き回って何をしている？」

王太子殿下は開口一番、責めるような口調で言ってきたので若干イラッとしてしまう。正直、責められる理由がまったくもってわからないから。とはいえ作り笑いを浮かべて答えることにしたが。

「もちろん挨拶回りですよ。いらっしゃらない方をいつまでも一人で待っていてもしょうがありませんから。それに侍女のルリアをきちんとつけて行動してます」

そう答えると王太子殿下は途端にバツが悪そうな表情になった。私は大きく溜め息を吐く。

もう周りが見えないほど自分達の世界が出来上がっているみたいね。まあ、言われて状況に気づけるということは、まだ末期じゃないのだろう。でも、もう時間の問題ね。

そんなことを思っていると、涙目になったアバズン男爵令嬢が懇願するような仕草で私に言ってきた。

「フェルトが遅れたのは、急に体調が悪くなったミーアに付き添ってくれたからだよ。だから、優しいフェルトを怒らないであげて！」

「ミーア……」

王太子殿下は嬉しそうに呟き、アバズン男爵令嬢を見つめる。もちろん側にいる兄やカイエス伯爵令息もである。そんな彼らを見て私は気分が悪くなりかけたが、我慢して説明してあげた。

「……王太子殿下、このパーティーにはとても大切なお客人が来られています。また王太子殿下は公務としてこの場にいらしています。そのような場所に部外者を入れるのはあまりよろしくありませんね」

「部外者？　まさか、ミーアのことを言っているのか？」

「王太子殿下以外の三人です。事前に拝見した招待リストには入っていませんでしたよ。どうやってこのパーティー会場に入ったのですか？」

そう言ってパーティー会場の出入り口を見ると、ミネルバと王太子派閥の貴族がいたので納得した。きっと彼らが入れてしまったのだろう。

だいぶ、王宮も怪しくなってきたわね。国王陛下はこのことに気づいているのかしら……

離れた場所にいる国王陛下を見ると、こっちを見てすまなそうに首を小さく振ってきた。どうやら、把握しているが今は余計なことはできないというところだろう。

役に立たないわね。早く手を打たないと全てが間に合わなくなりますよ……

そんなことを思いながら王太子派閥の貴族を見ていると、王太子殿下が怒気を強めて私に言ってきた。

「ちゃんと私達は入り口で許可をもらって入った。それに彼らは信頼できる友人だ。そもそもバイオレット、サジウスはお前の兄だろう！」

王太子殿下が勝ち誇ったような笑みを浮かべたので、私は呆れてしまった。

「王太子殿下、そういう問題ではありません。もし、こういうことが許されるようになったら次々と招待されていない者達が来てしまうのですよ。それでもし取り返しがつかないことが起きたら誰が責任を取るのですか！」

最後の方は出入り口まで聞こえるくらい大きな声で言うと、王太子殿下達は狼狽え、王太子派閥の貴族は慌てて逃げ出し、ミネルバは目を伏せて俯いた。

私はそんな彼らを睨みつけた後に「やってしまった……」と内心、後悔する。なるべく穏便に済ませようとしたのに、王太子殿下達の馬鹿さ加減についイラッとしてしまったのだ。すると、待ってましたと言わんばかりにアバズン男爵令嬢は涙目になり、しゃがみ込んだ。

「ごめんなさい。ミーアのせいで！　ミーアが全部悪いの！」

アバズン男爵令嬢が泣き出したため、兄やカイエス伯爵令息は私を射殺さんばかりに睨む。そんな二人を私が冷めた目で見ていると、兄は神経質そうに眼鏡を弄りながら怒鳴ってきた。

「バイオレット！　前々から思っていたが、なぜそこまでミーアを敵視するんだ！」

「……おっしゃっていることがわかりません。いつ私がアバズン男爵令嬢を敵視したのですか？」

正直、もう話をしたくなかったが、そういうわけにもいかない。仕方なく聞くと、兄は怒りで身を震わせながら私を指差した。

「お前がちょっとしたことで王太子殿下を注意するたびに、ミーアは自分が悪いと泣いていたんだ！　お前は、そのことがわかっているから王太子殿下に注意しているんだろう！」

私は思わず呆れた表情を兄に向けてしまう。

また、訳のわからないことを……

もうこの愚兄とまともな会話は望めないだろう。それに少し反省もした。兄の論点がずれた会話に乗るべきではなかったと。

うんざりしながら愚兄をどうするか考えていると、突然、ネオンハート王太子殿下の従者が私の前に立ち、王太子殿下達に挨拶をしたのだ。

「はじめまして、私はアルダム・ネオンハート王太子殿下の従者であり、護衛もしていますダントフ侯爵家のレンゲルと申します。今、そこのご令嬢が全て自分が悪いとおっしゃったわけですが、もし、うちの王太子殿下に何かあったらどう責任を取っていただけるのでしょうか。場合によってはネオンハート王国とロールアウト王国で戦争が起こるかもしれないのですよ」

ダントフ侯爵令息がそう言って腰に下げた剣に軽く触れた瞬間、パーティー会場に緊張が走る。どうやら、いつの間にか私達はパーティーの中心になっていたようである。

そんな中、更にネオンハート王太子殿下も口を開く。

「ここには私以外にも外国の要人がいる。そこに招待されていない連中が来るということがどういうことかわかりますか?」

二人の質問に、アバズン男爵令嬢は答えるどころか俯き黙ってしまった。正直、この時点で不敬罪に問われてもおかしくないだろう。そのうえ、まったく状況を理解できていない様子の王太子殿下が、アバズン男爵令嬢を守るように立ち、私達を睨みつけてきたのだ。

「私達が出ていけばいいのだろう! 今すぐ出ていってやる! さあ、行こうミーア」

王太子殿下が優しい口調でそう言ってアバズン男爵令嬢を抱き寄せると、ハッと我に返った兄とカイエス伯爵令息も二人を守るように立つ。その光景を見て私は心底呆れてしまった。

きっと、自分達のことを、被害者であるアバズン男爵令嬢を守る騎士だとか思ってるのでしょうね。まったく、国王陛下はこの状態をあと三ヶ月近くも放置する気なのかしら……

パーティー会場から去っていく四人を見ながらそんなことを思っていると、ダントフ侯爵令息が私に声をかけてきた。

「よろしいのですか？　確かサマーリア公爵令嬢はロールアウト王太子殿下の婚約者でしたよね……」

「いいえ、私はただの婚約者候補で、婚約者ではないのです。だから、問題ありません」

私が心からの笑顔でそう答えると、ダントフ侯爵令息は少し驚いた後、頷く。

「そうでしたか……。それは失礼しました」

そう言うとダントフ侯爵令息は指で顎（あご）を弄（いじ）りながらネオンハート王太子殿下の方に戻っていく。その後ろ姿を見ながら私は首を傾げてしまった。

なぜ、私が王太子殿下の婚約者だと確信めいた口調で言ってきたのだろうと。そんな発表はされていないのにと思っていると、国王陛下が声をかけてきた。

「すまない、サマーリア公爵令嬢」

「……国王陛下。いったいどうされるおつもりですか？」

「エイデンには今日中に説明し、派閥潰しも水面下ですぐに始める」

「では、第二王子殿下に説明する際は、将来王妃になられる婚約者のメリエール公爵令嬢も同席させてさしあげてください。これ以上、周りを混乱させないためにもその方がよろしいかと存じます」

私が淡々とそう伝えると、国王陛下と側にいた王妃陛下は諦めた表情になり俯いた。

私が第二王子殿下の妃になるつもりはないと悟ったのだろう。

「わかった、そうしよう」

「残念ね……」

両陛下は疲れ切った表情でそう言うと、ネオンハート王太子殿下の方に力なく向かっていく。どうやら王太子殿下の行いを謝罪しに行くようだ。

それぐらいで疲れているようでは、これからの王太子殿下達の愚行には耐えられませんよ。

私は扇で隠した口元を歪ませながら、そう思うのであった。

それから数日後、屋敷は大騒ぎになっていた。

両親に、兄がパーティー会場でしたことが伝わったからだ。しかも、それと同時に私の対応も。ただし王太子殿下の派閥から悪い感じに歪められて伝わっていたが。

「バイオレット、どっちが正しい情報なんだ⁉」

「どっちも最悪じゃないの！　ああ、サマーリア公爵家が終わってしまうわ！　バイオレット、どっちも嘘だと言って！」

両親が興奮した様子で聞いてきたので、私は呆れて溜め息を吐く。

「……はあっ。毎日、夜遅くまで出歩いてるお兄様を見ていて、なぜそのようなことを聞かれるのですか。どちらが正しいのかなんて決まっているでしょう」

私がそう答えると、両親はショックを受け黙り込んでしまう。そんな両親を見て私は心底がっかりした。

あれだけ馬鹿なことをしているのに、まだ兄に期待してるのね。なら、一緒に泥舟に乗って沈めばいいわ。

そう思いながら部屋に戻り、机に置いてある封筒の一つを取る。それは王家からの手紙で、婚約者候補が追加されたという内容だった。ただし、もう一通の王妃陛下からの手紙には、私以外の婚約者候補は本当は存在せず、王太子殿下側の派閥を混乱させるためのものであると書かれていた。

そんなくだらないことを考えるよりも、早く強硬派を止めた方がいいと思うのだけれど……

そんなことを考えつつ近くにあった新聞を開く。そこには名のある貴族が病死したと書かれていた。ちなみに、この貴族は一部の貴族にしか知られていないが第二王子殿下の派閥に属している。最近、立て続けに第二王子殿下派閥の貴族が怪我や病気で亡くなっているのだ。おそらく、水面下で王太子派閥の強硬派が動いているのだろう。

アラを探して失脚させるよりも消してしまう方が楽ってことなのでしょうね……

そういえば、ミネルバの仲間が最近ガラの悪い連中と会ったり、密輸品を扱っているという噂のある商人と接触したりと不穏な動きを見せているらしい。

そろそろ動き出すかもしれないわね……。でも、大丈夫かしら……

私は昨日、副団長の執務室であったことを思い出し、溜め息を吐いた。

私とルスタール伯爵はミネルバの件をルスタール伯爵令嬢に話し、カイエス伯爵令息とは婚約解消してしばらく身を隠した方がいいと説得した。しかし、あろうことか彼女は自分が囮（おとり）になると言い、頑として譲らなかったのだ。

「勇気があるのは認めるけれど……」

そう呟いた後に、嫌な考えが頭をよぎってしまった。それはルスタール伯爵令嬢の殺害は、ミネルバが副団長の座とカイエス伯爵令息を手に入れたいがために行った犯行ではなく、ブラウン・カイエス伯爵令息が主犯だったという考えである。

よくよく考えるとおかしいのだ。何せ前回、カイエス伯爵令息は婚約者であるルスタール伯爵令嬢が殺されたと知った後もいっさい悲しむ様子を見せなかった。まあ、アバズン男爵令嬢にのめり込んでいたから、もうルスタール伯爵令嬢に興味がないのはわかる。しかし、普通は多少なりともショックを受けるものだろう。

前回はそれで何人かの貴族がカイエス伯爵令息を責め立てたのよね。でも、アバズン男爵令嬢に庇われて、凄く嬉しそうな顔をしていたわ……。それに、あの事件後、カイエス伯爵令息とアバズン男爵令嬢はしばらく二人きりが多かった……

私はハッとする。

ルスタール伯爵令嬢が殺された時期には、おそらく王太子殿下とアバズン男爵令嬢はもう将来を誓い合っていただろう。それを知ってカイエス伯爵令息が最後の悪あがきをするために、自分を溺愛するミネルバを唆して利用したのなら……

そう考えた後、頭を振ってその考えを追い払う。

……さすがにそれは考えすぎよね。でも、やっぱり……

準備は万全にしているけれど、ルスタール伯爵にはミネルバだけじゃなくカイエス伯爵令息の動きにも注意するよう手紙に書いて知らせましょう。

急いで手紙を認めたが、翌日になってその手紙が無駄になったことを知った。早朝、ルスタール伯爵家の早馬が来て、知らせを受けたからだった。


ルスタール伯爵令嬢が学院からの帰り途中、賊に襲撃され亡くなった。そのことが公表されてから数日間、学院は休校になった。それは襲撃した賊が捕まっていなかったからである。しかし、騎士団の地道な捜索により賊は発見された。ただし、森の中で遺体になってだが。おそらく、仲間割れを起こしたのだろうと騎士団長がわざわざ出てきて調べた結果、結論づけられた。

だから襲撃事件は解決したと判断され、学院が再開されることになったのだが、……やはりというか当然というか、学院はルスタール伯爵令嬢の話題で持ちきりになっていたのだ。

「ルスタール伯爵令嬢が襲撃された際、一緒に馬車に乗っていたルスタール伯爵が負傷したらしいな」

「聞いたわ。かなりの重傷で、今は面会謝絶みたいね……」

「だから、今は騎士のミネルバって人が副団長の代役をやってるらしいよ」

生徒達は学院のあらゆる場所で輪を作り、襲撃事件の話で盛り上がっている。私は溜め息を吐いた。

ふうっ。まったく皆、暇人ね……。他にやるべきことはないのかしら。

そんなことを思いながら周囲を見ていたら、アバズン男爵令嬢とカイエス伯爵令息が寄り添うようにベンチに座っているのを見つけてしまった。私は眉間に皺を寄せる。

数日前に婚約者が亡くなったというのに何を考えているのよ……。まあ、前回と同様に二人きりになっているということは、王太子殿下とお兄様が気を利かせてあげたということかしら……

そのまま二人を見ていたら、カイエス伯爵令息がアバズン男爵令嬢を見つめ、満面の笑みを浮かべた。その瞬間、私は思いきり顔を顰めてしまった。

クズね。

私はカイエス伯爵令息を睨みながら、後ろをついてきているルリアに声をかける。

「ルリア、カイエス伯爵令息とお兄様の動きにもそろそろ注意するよう伝えて」

「わかりました。しかし、なぜその二人なのですか？」

「そのうちわかるはずよ」

何せ、二週間後にはネオンハート王太子殿下が毒を飲まされるのだから。

だから、きっと二人はその日に動くわよ。

私はそう確信し、楽しそうにアバズン男爵令嬢に話しかけているカイエス伯爵令息を睨み続けるのだった。


「本当、あの四人って迷惑ですわよね」

教室に戻るとマドール侯爵令嬢が溜め息を吐きながら愚痴ってきたので、思わず首を傾げてしまった。

「あら、あの人達ってマドール侯爵令嬢にも迷惑をかけているの？」

そう聞くと、うんざりした様子でマドール侯爵令嬢が頷く。

「ええ、アバズン男爵令嬢があまりにも淑女らしからぬ行動をするから、注意したらなぜか私が悪者にされてしまいましたのよ」

「ぷっ、災難ね」

私はついその場面を想像して噴き出してしまう。慌てて口元を押さえたが、どうやらバレたらしい。マドール侯爵令嬢は怒って私を睨んできた。

「ちょっと！　笑いごとじゃありませんわよ」

「仕方ないじゃない。いまだに注意する人がいるとは思わなかったのよ。もう皆諦めていると思っていたから」

そう言いながら、遡る前のマドール侯爵令嬢を思い出す。

王太子殿下の婚約者になる気はなかったのだろうけれど、マドール侯爵令嬢はアバズン男爵令嬢をよく注意していたのよね。純粋に淑女としてなっていないアバズン男爵令嬢が許せなかったのだろう。

責任感の強い方ね。

感心してマドール侯爵令嬢を見つめると、顔を顰められた。

「何かしら？」

「マドール侯爵令嬢は立派な淑女だから、アバズン男爵令嬢はあなたを見習うべきだと思ったのよ」

「はっ⁉」

マドール侯爵令嬢は大きな声を出しながら立ち上がり、心底驚いた表情で私を指差す。

そのため、周りにいた生徒達が何事かとこちらを見てきた。

「皆もマドール侯爵令嬢は見習うべき淑女だと思うわよね？」

すると皆、何度も頷く。それを見たマドール侯爵令嬢は両頬を押さえて俯き、ついには教室を飛び出してしまった。

「どうやら、褒められるのには慣れていないようね」

私はマドール侯爵令嬢が去っていった方を見ながら苦笑する。そして、前回ももう
ちょっと彼女のことを理解できていればと反省も。

まあ、これからでもまだ遅くないわよね。

私はこの先のことを考えながら、そう思うのだった。

昼食後、私は校舎から一番離れた場所にある花壇まで行き、気分転換に花を眺めてい
た。いや、正直に言えば、王太子殿下やアバズン男爵令嬢と接触しないようにしている
だけである。しかし、そんな私の気持ちをまったく理解していないらしい王太子殿下が
眉間に皺を寄せながら、こちらに歩いてくるのが見えた。
わざわざ、接触しないように避けているのに……。まあ、どうせアバズン男爵令嬢を
探しているのでしょうね。
そんなことを考えていたら、近くで控えていたルリアが聞いてくる。
「どうしますか？」
「仕方ないから相手をするわ」
そう答えながらも花壇の花を見つめていると、王太子殿下が近くに来るなり怒った口

調で聞いてきた。

「バイオレット、ミーアはどこにいるんだ？」

「なぜ、私に聞かれるのです……。知りませんよ」

私が呆れながら答えると、王太子殿下は私を睨んでくる。

「ミーアが言っていたんだ。空き部屋に閉じ込められたことがあるってな」

「それはお気の毒に……。しかし、それと私がどう関係が？」

私がそう聞いた後に横目で睨むと、王太子殿下は一瞬怯(ひる)んだ様子を見せたが、すぐに睨み返してくる。

「紫色の長い髪をした女に閉じ込められたらしい」

「……それが私だと言いたいのですか。馬鹿らしい。そもそも、私は王太子殿下とアバズン男爵令嬢の仲を裂くつもりなんてありませんから。それにアバズン男爵令嬢は今日も授業に出ずにカイエス伯爵令息とずっと一緒にいましたよね？」

私がそう言うと、王太子殿下は途端に不機嫌な表情になる。

「そのブラウンと別れてからいなくなったんだ……。もういい！　お前に聞いたのが間違いだった！」

王太子殿下は私に背を向ける。やっといなくなってくれると思っていたら、再びこちらを向き口を開く。

「ミーアは優しくて私を常に思ってくれるんだ。誰かさんとは違ってな」

「あら、なら両思いではないですか。私は応援しますよ」

私が微笑むと王太子殿下は顔を歪め、こちらを睨んだ後、立ち去った。王太子殿下を見送った後、私は花壇の花を再び見つめる。

「もう、顔を見るのも嫌みたいね……。まあ、お互いさまだけれど」

そう呟きながら私は王太子殿下の顔を忘れるまで花を観賞し続けるのだった。


久々の授業もつつがなく終わり、そろそろ帰ろうと思っていたところで学長から呼び出しを受けた。学長室の中に入り、思わず固まってしまう。なぜなら、中には隣国のアルダム・ネオンハート王太子殿下と、従者であり護衛でもあるレンゲル・ダントフ侯爵令息がいたからである。

なぜ、この二人が学院にいるの？

驚く私に、なぜかずいぶんと上機嫌な学長が声をかけてくる。

「サマーリア公爵令嬢、さあ、挨拶はよろしいのでこちらへどうぞ」

「……わかりました」

私はとりあえず言われたとおり、ネオンハート王太子殿下とダントフ侯爵令息の対面のソファに座る。すると、ダントフ侯爵令息がすぐに口を開いた。

「サマーリア公爵令嬢、あなたからいただいたものですがかなり役に立っています」

「まあっ。それは良かったですわ」

「それで、お礼も兼ねて、二週間後に開くパーティーにサマーリア公爵令嬢をご招待したいのですがいかがでしょうか？」

「二週間後……」

そう呟いた後、ハッとする。もしかしたら、このパーティーに参加できればネオンハート王太子殿下が毒を飲むのを防げる……もしくは犯人を見つけられるかもしれないと。しかし、すぐに自分の立場を思い出し、がっかりする。

「……大変嬉しいお誘いですが、私はロールアウト王太子殿下の婚約者候補ですので、他国の王太子殿下のお誘いは……」

そう答えると、ダントフ侯爵令息が小さく首を横に振る。

「それなら大丈夫です。ロールアウト王太子殿下にも招待状は出しておりますから」

「えっ……？」

私は首を傾げてしまった。それは前回、このパーティーに王太子殿下が出席したのだろうかと思ってしまったからだ。何せ隣国の王太子殿下のパーティーである。それにロールアウト王国の王太子殿下が出ないわけがない。しかし、前回、王太子殿下の婚約者であった私には招待状はきていなかった。

きていなかった……。本当にきていなかったの？

当時の私はアバズン男爵令嬢のせいでだいぶ荒れていた。だから曖昧な部分が多い。だが、家族や使用人が招待状がきていると伝えてきた記憶はない。

そう考えていたら、すぐに当時の使用人が既に兄の配下となっていたことを思い出し、私は納得してしまう。まあ、同時に新たな疑問が生まれてしまったのだが。

なぜ、私をパーティーに出席させなかったのかしら？

前回の私自身を思い出そうとする。確か、あの頃の私はアバズン男爵令嬢のせいでストレスが溜まりに溜まって相当きつい性格だったのだ。だから、隣国の王太子殿下とトラブルになるのを避けるため、出席させるべきではないと判断されたのかもしれない。

だが、今回はどうだろう？　世間的には私の評価はまったく落ちていない。せいぜいアバズン男爵令嬢を王妃にして操ろうとしている派閥の貴族が貶めてくるぐらいだ。それなら、招待状がこないということはあり得ない。それでも私の手元に招待状が届かないとしたら……

まあ、なんにせよ屋敷内の動向に更に注意した方がいいわね。

私はそう判断して頷く。

「……わかりました。では王都にあるサマーリア公爵家の屋敷に招待状を送っていただけますか？」

「既に一通送っていますが、手違いで届かないかもしれないと思いまして、直接渡しに来ました」

ダントフ侯爵令息はそう答えて招待状を出してきた。

私が受け取ると、それで用が済んだのかネオンハート王太子殿下とダントフ侯爵令息は立ち上がる。私も慌てて立ち上がると、ダントフ侯爵令息が頬を緩ませながら言ってきた。

「では、パーティー会場でお会いましょう」

「……はい」

私はそう答えた後、淑女の礼をする。一度も口を開かなかったネオンハート王太子殿下は笑顔で頷き去っていった。その態度に本来、私が気軽に声をかけていい相手ではないことを思い出した。

時と場所をちゃんと理解してるのね。

私が感心していたら、学長が嬉しそうに声をかけてきた。

「サマーリア公爵令嬢、私もダントフ侯爵令息にパーティーに招待されましてね。向こうではぜひ声をかけてくださいね」

「ふふ、わかりました」

笑顔でそう答えると、学長は急に周りをキョロキョロと見た後、真面目な口調になる。

「……きっと、ロールアウト王太子殿下は招待状もないのにアバズン男爵令嬢を連れてきますよ。招待状を昨日もらったらしく、話しているのを聞きましたから」

「そうですか……」

「まあ、なのでサマーリア公爵令嬢は王太子殿下のことは気にせず楽しめばいいのですよ」

「よろしいのですか、そんなことを言って……」

私が軽く驚いていると、学長は苦笑しながら頷いた。

「さすがに今の状況を見たら先は知れてますからね。だから、親戚の令嬢を推薦するのもやめましたよ。それより、サマーリア公爵令嬢こそ、どうするのです？」

「全てが終わるまでは先のことは考えられません……」

そう答えた後、私は誰にも聞こえないぐらいの小声で呟く。

「断罪を回避する方法を考えるので精一杯よ」

正直、これが今の私の本音だった。なぜなら男爵令嬢であるミーア・アバズンが王妃になるためには、婚約者候補さえもいてはいけないのである。だから、彼らはきっと私を嵌めてくるだろう……。誰もがアバズン男爵令嬢を殿下の相手として認めるやり方……あの卒業パーティーの断罪劇で。

必ず今回も起きるわ。必ずね……

私の確信は屋敷に帰った時、揺るぎないものとなった。

ルリアや私の味方の使用人を使って私宛の招待状を探させたら兄の部屋から見つかったのである。

そうなると毒薬も既に手に入れているでしょうね。だけど、いったい今は誰が毒薬を保管しているのかしら……。まあ、殿下はまずないわね。そもそも殿下はアバズン男爵令嬢に騙（だま）されているだけで何も関わっていないでしょう。それにアバズン男爵令嬢も違う。彼女では禁止薬物を買う力はない。それに兄やカイエス伯爵令息がそんなことはさせないはず。何せ兄達の中ではアバズン男爵令嬢はか弱く、優しい素敵な女性ですからね……。そうなると、やはりお兄様とカイエス伯爵令息、それとミネルバに注意を払わないといけないわけね。

私はそう判断し、ルリアに声をかける。

「ルリア、二週間後のパーティーの招待客リストを調べるように伝えてくれる？　きっとネオンハート王太子殿下を狙う不届き者が現れるわ」

「わ、わかりました」

ルリアは驚きながらも何度も頷き、慌てて部屋を出ていった。そんなルリアに私は苦笑する。

「ある意味、ルリアが私にとっての命綱ね」

私はそう呟き、ダントフ侯爵令息からもらった招待状を見つめるのだった。


招待状をもらってから二週間が経ち、パーティーの日になった。

ちなみに、私はパーティーがあることを知らないことになっている。そのせいなのか、この数日間、屋敷の中で私の横を通りながらニヤつく兄の姿をよく見かけた。しかも、そんな兄の後ろを同じく笑みを浮かべるグレイスがついて回っていたのである。要は兄との関係はあれからも続いていたのだ。

……結局、そっちを選んだのね。でも、私的にはその方が嬉しいわよ、グレイス。

扇で隠した口元を歪ませていると、馬車がパーティー会場に到着したらしくゆっくりと止まった。

さてと、どういう反応をするか楽しみね。

私は縦ロールをかきあげながら、パーティー会場に向かう。後ろにルリアは控えているが、私をエスコートする人物はいない。何せ、王太子殿下はアバズン男爵令嬢を連れてくるからだ。

ちなみに、そんな王太子殿下とアバズン男爵令嬢だが、最近は学院内で大っぴらにキスをしている光景を見るようになった。まあ、招待状の件でもわかっていたが、だいぶ前からアバズン男爵令嬢は王太子殿下の心を射止めることに成功していたようだ。そして、友人止まりになった兄とカイエス伯爵令息はアバズン男爵令嬢を王妃にするため、現在、暗躍してる最中。

私という魔女を倒すために今は結束力を高め合っているってところかしら……

「馬鹿みたいね……」

そう呟きながら華やかなパーティー会場に入ると、すぐにダントフ侯爵令息が声をかけてきた。

「サマーリア公爵令嬢、お越しいただきありがとうございます」

「まあっ。わざわざ挨拶に来てくださるなんてありがとうございます」

そう言って淑女の礼をし、ネオンハート王太子殿下の姿を探すと、ダントフ侯爵令息がある方向を指差しながら言った。

「うちの王太子殿下はこちらが用意した護衛に囲まれて、お客様方と話をしていますよ」

「……そうでしたか。では、後ほど、ご挨拶をさせていただきますね」

「ええ、それまでは私の話し相手をしばらくお願いしてもよろしいでしょうか？」

「あら、ダントフ侯爵令息は他の方と交流を深めなくてよろしいのですか？」

ついそう聞いてしまうと、ダントフ侯爵令息は周りを気にしながら小声で答えてきた。

「……実を言うと、こうやって会話をしながら怪しい人物がいないかを探しているんです」

「なるほど」

「なので、すみませんがサマーリア公爵令嬢にはしばらく隠れ蓑になっていただけないかと……」

ダントフ侯爵令息は申し訳なさそうに言ってくる。もちろん、私は快く頷いた。

「構いません。ついでに私も怪しい人物がいないか一緒に探しますわ」

すると、ダントフ侯爵令息は驚いたように固まった後、頬を緩めた。

「どうやら、私が思っている以上にサマーリア公爵令嬢は素敵な方らしい。それでは、ゆっくりと移動しながら話をいたしましょう」

そう言ってダントフ侯爵令息はさりげなく私をエスコートしてくれる。その流れるような所作に感嘆の溜め息が出そうになった。更にダントフ侯爵令息は気配りもでき、会話の幅も広かったので、私は何度も目的を忘れて話に夢中になってしまった。

しかし、そんな楽しい時間も長くは続かなかった。それは王太子殿下が現れたからである。しかも、招待客リストに載っていなかった兄、カイエス伯爵令息、そしてアバズン男爵令嬢を連れて。

そんな四人に、派閥の貴族達はすぐに挨拶をしに行くが、その他の貴族は近づかないように離れ始めていた。その光景を見て私はほくそ笑む。

四人の悪評が、だいぶ周りの貴族に浸透してるわね。

そう思いながら彼らを見つめていると、やっと私の存在に気づいたらしく、四人が驚いた表情をした。そして、王太子殿下と兄が慌てて私の方に来る。

「……なぜお前がここにいるんだ、バイオレット?」

王太子殿下がそう聞いてきたため、私は内心イラッとしながらも答えてあげた。

「なぜとは……招待状をいただいたからですよ」

「招待状だと……」

驚く王太子殿下に、後ろに控えていたルリアが招待状を見せつけるように差し出す。するると、王太子殿下が兄の方を振り向いた。

「ど、どういうことだ⁉」

「そんなはずは……。確かに屋敷に届いた招待状は隠し……」

「あら、屋敷にも届いていたのですか？」

兄の話を遮ってそう聞くと、二人はハッと息を呑み、そのまま黙り込んでしまう。そんな二人に私は軽蔑の眼差しを向けた。

「招待状を隠すなんて、なかなか気が利く対応ですね。しかし、なぜそんなくだらないことをしたのかしら？」

私の問いに二人が答えることはなかった。やがて、隣にいたダントフ侯爵令息が申し訳なさそうに口を開く。

「もしかしたら、うちの王太子殿下がサマーリア公爵令嬢とお会いしたいと言ったのが、いけなかったのかもしれませんね」

「……えっ、どういうことですか？」

私が首を傾げると、ダントフ侯爵令息が頬をかきながら教えてくれた。

「うちの王太子殿下がこの国に来たのは、実を言うと婚約者候補なのに冷遇されていると噂のサマーリア公爵令嬢を見に来たのです。もしチャンスがあるなら自分の国に婚約者として迎え入れたいと」

「まあっ。私を婚約者にですか？　しかし、それと招待状を隠すのとどう関係があるのですか？　王太子殿下は私のことなど、どうとも思っていないのに……まさか、私を嫌っているから嫌がらせのために招待状を隠したのですか？　それなら、早く私を婚約者候補から外すよう国王陛下に言ってくだされぱいいのに……」

　私がそう言って王太子殿下を睨みつけると、なぜかダントフ侯爵令息は笑い出した。

「ははは っ！　愚か者の歪んだ考えは、高潔なサマーリア公爵令嬢には理解できないようですね」

「くっ……」

　王太子殿下はなぜか悔しそうな表情で俯き、体を震わせる。そして、顔を勢いよく上げ私を睨んだ後、逃げるようにアバズン男爵令嬢とカイエス伯爵令息のもとに走っていってしまった。そんな王太子殿下を慌てて兄が追いかけようとしたが、すぐに立ち止まり、私をもの凄い形相で睨んでくる。

「覚悟しろよ……」

そう言ってくる兄に、私は嫌味も込めて微笑む。すると、兄はこちらまで音が聞こえそうな歯軋り(はぎし)をして立ち去っていった。

ふふ、妹に殺意を向けるなんてとんでもない兄ね。まあ、わかりやすい方が私も手心を加えずに済むわ。それにしても……

兄の後ろ姿を見ながら、私にはある考えが思い浮かんでいた。それは兄が招待状を隠したのは、王太子殿下の嫌がらせを手伝うためではなく、私を嵌めるためだったのではという考えである。

仮にもしも、私がネオンハート王太子殿下に見初められ隣国に行ってしまった場合、計画が全て狂うものね。

私が隣国に行けば、ネオンハート王太子殿下を毒殺しようとした犯人に仕立て上げることができなくなってしまう。

しかし、大胆ね。私にはネオンハート王太子を毒殺する理由がないのに犯人に仕立てようなんて……。まあ、証拠品の毒薬が私の部屋から出てくれば、理由なんてどうとでもなるものね。

それに加えて兄の自作自演でミーア・アバズン男爵令嬢の毒殺未遂事件が起きれば、彼女は私という悪役に虐(しいた)げられた悲劇のヒロインになるわけである。そして最後の仕上げに卒業パーティーでの断罪劇に、王太子殿下の真実の愛宣言だ。私は正当な理由で王太子殿下の婚約者候補の座から引きずり下ろされ、アバズン男爵令嬢こそ王太子殿下の隣に立つ存在だと誰もが認めるだろう。

こうして前回は見事に嵌められたわけね……

集まって結束力を高め合っている四人を見てそう思っていると、ダントフ侯爵令息が隣に立ち、溜め息を吐いた。

「相変わらず濃い連中ですね。サマーリア公爵令嬢は大丈夫ですか？」

「大丈夫です……と、言いたいところですが、少し外の空気を吸いに行きます。ダントフ侯爵令息はそろそろ戻られた方がよろしいかと思いますよ」

「確かにそろそろ戻らないと怒られてしまいますね……。では、私は戻ります。サマーリア公爵令嬢、またお会いしましょう」

「はい、気分転換をしたらそちらにご挨拶に伺いますね」

私が笑顔でそう言うとダントフ侯爵令息は頷き、あっという間に私の前から去っていってしまった。

無駄がない人ね。

私が感心して見つめていると、ルリアが声をかけてくる。

「お嬢様、何か飲み物をお持ちしますか？」

「ええ、お願い。私は窓際の方で休んでいるわね」

そう言って窓際に向かい外をしばらく眺めていると、突然、近くでガラスが割れる音が聞こえた。

「きゃっ！」

その声に嫌な予感がしてゆっくり振り向くと、そこには桃色の頭とこのパーティーに合っていない派手なドレスをワインで濡らしたアバズン男爵令嬢が立っていた。

「アバズン男爵令嬢……」

思わずそう呟いた後、私は一人になってしまったことを後悔した。何せ前回、アバズン男爵令嬢は私が学院で一人になると、唐突に現れ、勝手に転んだり、池に落ちたりして「なんで足を引っかけるんですか⁉」とか「どうして、私を池に落とすんですか⁉」とか嘘を言って騒いだのである。おかげで、生徒達の間で私の評判はがた落ち。しまいには、よくわからないが名前からして悪いイメージであろう『悪役令嬢』というあだ名までつけられてしまったのだ。だから、今回はルリアをつけて一人にならないよう徹底していたのだが、アバズン男爵令嬢はずっと隙を窺（うかが）っていたらしい。私が一人になった瞬間を狙って側に来て自分にワインをかけたのだろう。もちろん私を加害者にして印象を悪くするために。

やられたわね……

私が顔を顰めながらそんなことを思っていると、アバズン男爵令嬢は一瞬笑みを浮かべた後、地面に座り込み涙目になって騒ぎ出した。

「ひ、酷いわ、バイオレットさん！　なんでこんな酷いことをするのよ！」

アバズン男爵令嬢が大きな声で叫ぶため、周りが何事かとこちらを見てくる。そんな光景に私は懐かしさと共にじわじわと怒りが込み上げてきた。が、すぐに気分を落ち着かせると、アバズン男爵令嬢を冷めた目で見つめる。

「人聞きが悪いわね。アバズン男爵令嬢、あなたこそしつこく私に付き纏った挙句に嫌がらせをしているでしょう。いったい何がしたいのかしら？　私が嫌いなら近づかなければいいでしょう」

私が冷静に、しかし周りに聞こえるようにわざと声を張り上げてそう言うと、アバズン男爵令嬢は驚愕した表情を浮かべる。おそらく、私がヒステリックに怒鳴って否定すると思ったのだろう。そして前回のように「酷い！　私が嫌いだから嫌がらせをするのね！」と言って、他にも酷いことをされたと訴え周りの同情を買い、私を悪者に仕立て上げようという魂胆だったに違いない。

しかし、アバズン男爵令嬢が言おうとしていた言葉を私が先に言ってしまったのだ。

きっと、今、アバズン男爵令嬢の頭の中は混乱しているだろう。

何も言えず固まっているアバズン男爵令嬢に、私は続けて言ってあげた。

「そもそも、このパーティーは下位貴族は入れないはずよ。いったい誰があなたを入れたのかしらね？」

そう言って周りを見ると、何人かの王太子派閥の貴族が顔を伏せた。すると、そんな貴族をかき分けるようにカイエス伯爵令息が現れ、アバズン男爵令嬢に駆け寄ってきたのだ。

「大丈夫かミーア！　これはワイン？　なんて酷いことを……」

カイエス伯爵令息は大事なものに触れるようにアバズン男爵令嬢を抱きしめる。すると、アバズン男爵令嬢はこれ幸いと両手で顔を覆い、お得意の泣き真似をし出した。

「う、う、ミーアが悪いの。バイオレットさんと仲良くなろうとして近づいたけど、嫌われちゃった……」

アバズン男爵令嬢はそう言い、カイエス伯爵令息の胸に顔を埋める。私は思わず顔を顰（しか）めてしまった。

まったく、何を言ってるのよ。少し前までは酷いことをする人だって喚（わめ）こうとしていたくせに……

　しかし、知ってか知らずかカイエス伯爵令息は愛おしげにアバズン男爵令嬢の頭を撫でる。それから私を射殺(いころ)さんばかりに睨んでくる。

「……なぜ、こんな酷いことをするんだ、サマーリア公爵令嬢！　あなたには心というものがないのか？」

　そう聞いてくるカイエス伯爵令息に、私は呆れた表情で頭を振った。

「残念ながら、嘘吐きや、私に敵対する者には持ち合わせていないわね。ああ、もちろん、カイエス伯爵令息……あなたにもね」

　そう言って扇をカイエス伯爵令息に突きつけた後、私は懐かしさを感じて内心苦笑してしまった。なぜなら前回、散々飽きるほどやったポーズだったからである。

　久しぶりにやったけど、覚えているものね……

　ポーズを決めたままそんなことを思っていると、カイエス伯爵令息が俯(うつむ)き口を開いた。

「俺のことを嫌うのは構わない。だが、誰よりも人を思いやれるミーアになぜ敵意を向けるんだ！」

　カイエス伯爵令息はそう言って顔を上げ睨んでくるが、私は溜め息を吐く。

　はあっ。まったく、私の話を聞いていなかったのかしら。まあ、この男にはアバズン男爵令嬢はそう見えるのでしょうね。じゃあ、こう言ったらあなたはどう反応するかしらね。

私は扇を広げて口元を隠し、カイエス伯爵令息を睨みつける。

「ブラウン・カイエス……あなた、王太子殿下の側に婚約者候補でもない男爵令嬢がいて、抱き合ってキスまでしているのに本当に理解してないの？」

そう声を低くして聞くと、カイエス伯爵令息は一瞬、目を泳がせる。その反応で、カイエス伯爵令息は王太子殿下とアバズン男爵令嬢の関係が本来、まずいことだと認識していることを理解した。要は王太子殿下やお兄様のように頭がお花畑ではないということだ。

やはり、三人の中で一番厄介かもしれないわね。それに……

アバズン男爵令嬢を必死に守ろうとしているカイエス伯爵令息を見る。

きっとお兄様との仲も知っているわよね。そんな娼婦のような女とわかっていても、この態度。一番アバズン男爵令嬢に惚れ込んでいるのは、もしかしたらこの男なのかもしれないわね……

とはいえ、このやり取りももう面倒臭くなってしまった。二人をどうやって追い払おうか考えていると、私に誰かが声をかけてきた。

「サマーリア公爵令嬢、面倒事に巻き込まれていますね」

　そう言ってやってきたのは苦笑している学長だった。そんな学長に私も苦笑して答える。

「もう、慣れましたわ」

「それは気の毒に……。それにしてもなかなか面白い劇をやっていますね。何せ自分でワインをドレスにかけるのですから。して、これはなんという題名の劇でしょうか？皆さんわかりますか？」

　学長が周りを見ながらそう聞くと、これ以上はまずいと思ったらしい王太子派閥の貴族はそそくさとその場を離れていき、残った貴族はアバズン男爵令嬢を奇異の目で見ながら近くの貴族とひそひそと話し出した。私はその光景に目を細める。

　ふふ、素晴らしいアピールだったわよ、アバズン男爵令嬢。おかげでたくさんの貴族にあなたがどういう存在か知らしめることができたわ。でも、足りないかもしれないからもう少し付け足してあげる。

　私はアバズン男爵令嬢の方を向き、首を傾げた。

「私もわかりませんわ、学長。なんだか勝手に彼らが私を巻き込んでやっているので……。あなた達、それはなんて題名の劇かしらね？」

私が微笑んでそう聞くとアバズン男爵令嬢は俯いて黙ってしまい、カイエス伯爵令息は顔を真っ赤にしながら体を震わせていた。そんな二人に、私が笑いそうになるのを必死に我慢していると、急に会場中が慌ただしくなった。その様子に私はハッとなる。

まさか、ネオンハート王太子殿下が……

私がそう思っていると、慌てた様子のルリアが駆け寄ってきて耳打ちした。

「お嬢様、誰かが毒を盛られたようです」

その言葉を聞き、私はカイエス伯爵令息を横目で見る。そして、思わず扇を強く握りしめてしまった。彼が騒ぎの方向を見ながら、口角を上げていたからだ。しかも、すぐにアバズン男爵令嬢を促し、騒ぎに乗じてその場を離れようと。だから私は正直、迷ってしまったのだ。呼び止めて問い詰めるべきかを……

だが、すぐに頭を振る。

悔しいけれど、今はその時じゃないわね。

そう思い、気づかないフリをしていると学長が動き出す。もちろんその場を離れようとする二人を呼び止めようと。だから私は学長の前に素早く扇を出して首を横に振る。

「放っておきましょう」

「しかし、衛兵に突き出した方がいいのではないでしょうか？」

「今は衛兵もそれどころではないでしょうし、そんなことしても王太子殿下の派閥によってすぐに解放されますよ」

「確かに……。しかし、どうしたらいいのでしょうね。このままだと学院の印象まで悪くなりますよ……」

学長はそう言って胃のあたりをさするが、私は何も言えなかった。なぜなら一ヶ月後の卒業パーティーで私の断罪劇が行われ、学長の胃はますます痛むこと間違いなしだからである。

……手伝ってもらう学長には多めに胃薬を送りましょう。

私はそう思いながら騒ぎの方を見つめる。正直、ネオンハート王太子殿下が無事かどうか見に行きたい。しかし、今私が行っても間違いなく邪魔にしかならないだろう。

私は思わず唇を噛み締めてしまう。

歯がゆい思いをしていると、目の前にダントフ侯爵令息が現れた。私は思わず彼に詰め寄り口を開こうとしたが、その前にダントフ侯爵令息が私の前に手をかざして言った。

「……うちの王太子殿下が毒を盛られました。どうやら、グラスの方に毒を塗られていたようです」

「それじゃあ、私の渡したものでは……」

血が滲むほど唇を噛みしめると、ダントフ侯爵令息がハンカチを私の口元に当ててきた。

「おやめになられた方がいい。あなたの美しい顔に傷がつくと私の心が痛みます」

「ダントフ侯爵令息……」

思わず呟くと、ダントフ侯爵令息はゆっくり頷く。

「大丈夫です。王太子殿下は……。それよりも、まだ、賊がいるかもしれません。お二人は早くお帰りになった方がいい」

「……はい」

ダントフ侯爵令息の穏やかではあるが強制力がある言葉に私が俯くと、今度は優しい口調で言ってきた。

「……必ず、またお会いましょう。バイオレット・サマーリア公爵令嬢」

そう言うと、私が答える前にダントフ侯爵令息は足早に去っていった。おそらく、招待した私達を心配してわざわざ言いに来てくれたのだろう。

私がダントフ侯爵令息の背中を見つめていると、学長が声をかけてきた。

「ダントフ侯爵令息は本当に気配りができる方ですねえ」

感心した様子の学長に、私は頷く。

「そうですね……」

私はそう答えながらも、なぜかダントフ侯爵令息から目が離せず、姿が見えなくなるまで目で追い続けてしまったのだった。

パーティーから数日経った頃、私は突然王宮に呼び出された。

「毒物を盛られたネオンハート王太子殿下だが、現在も容態は思わしくないらしい……」

そう言う国王陛下の顔色はかなり悪かった。まあ、隣国の王太子が自分の国で毒を盛られて重体になっているのだから気が気でないのだろう。そんな国王陛下を見つめながら私は膝に置いた手を強く握りしめる。

私がもっとしっかりしていれば……

私は唇を噛み締めようとしてダントフ侯爵令息の言葉を思い出す。そして軽く頭を振った後に口を開いた。

「どうされるおつもりですか？」

「ネオンハート王太子殿下の容態次第だが……くそっ、もう、内乱を心配しているどころではなくなった。早く犯人を見つけないとネオンハート王国と戦争になってしまう……」

頭が痛いのだろう、国王陛下がこめかみを押さえながらそう言うと、隣にいた王妃陛下が力なく息を吐いた。

「ふうっ、隣国から山のように抗議文がきてるのよ。せめて犯人が見つかればいいのだけれど、いまだに何も見つけられていないのよね……」

王妃陛下の目の下には隈ができていた。しかし、気苦労ですっかり老け込んでいる両陛下に、私は労るどころか内心呆れ果てていた。

招待状のないアバズン男爵令嬢達が会場にいたのに、なぜ疑わないのよ……

そう思いながらも、そのことには触れないようにする。下手なことを言って、両陛下に私が作る舞台を壊されたくないから。なので、当初の予定どおり、情報が得られないか質問することにしたのだ。

「それで毒の種類はなんだったのですか？」

「我が国では製造、所有共に禁止されているものだ。おそらく他国から持ち込んだのだろう。まったく、どうしたらいいんだ……」

国王陛下は力なくそう言って、くしゃくしゃになった報告書を見せてくれた。確認すると、やはり前回と同じ毒薬だった。

これで、毒薬に関してはだいたい繋がったわね。

そう判断して私は両陛下に微笑む。

「もしよろしければ、私が全ての問題を解決しましょうか？」

「なっ⁉」

両陛下は勢いよく顔を上げ、すがるように私を見てきた。私はゆっくりと頷く。

「毒を盛った犯人も内乱もです」

「ほ、本当か！　ど、どうするんだ？」

「何か方法があるの？」

前のめりになりながらそう聞いてくる両陛下には答えず、軽く手を前にかざす。

「……恐れながら、その前に。卒業後に王太子殿下をどうされるのですか？」

「あ、ああ、卒業後は領地なしの一代限りの爵位でも与えて、望みどおりあの男爵令嬢と一緒にしてやるつもりだ」

「では、もし王太子殿下とアバズン男爵令嬢が、ネオンハート王太子殿下の毒殺未遂に間接的に関わっていたらどうしますか？」

そう聞くと両陛下はソファから勢いよく立ち上がり、みるみる顔を真っ青にした。きっと、最悪なことを想像してしまったのだろう。なんだかんだ言って王太子殿下に甘い両陛下だ。もし、私が聞いたことが本当なら、卒業後の扱いを考え直さなければならない。さもなくば、ネオンハート王国だけでなく、国内からも批判がくるだろう。

それに、きっと両陛下に対しても不信感が生まれるでしょうしね。

私がそんなことを思っているうちに国王陛下が我に返り、不安そうな表情を向けてくる。

「間接的にでも隣国の王太子の暗殺に関わっていたのなら更に重い処分にする。……ち、ちなみにそれは本当なのか？」

国王陛下は祈るようにそう聞いてきたので、私は頷く。

「まだ毒薬の入手ルートはわかっていませんが、間違いありません……。それで、どうしますか？　私が考えた案であれば戦争は回避できる可能性があります。ただ、相当数の王太子殿下派閥の貴族を粛清していただきますよ。何せ、隣国に誠意を見せなくてはいけませんからね……」

「こ、この際だから構わん！」

国王陛下が勢いよくそう答えてきたので、私は内心ほくそ笑む。

ふふ、言質は取ったわよ、国王陛下。後は彼らにも舞台を作る材料を提供してあげなきゃね。

私は仕上げの舞台を完成させるために、両陛下にあるお願いをするのだった。

　数日後、学院に行くと生徒達が笑顔で私に駆け寄ってきた。

「昨日、母から聞きましたよ。おめでとうございます、サマーリア公爵令嬢」

「サマーリア公爵令嬢、王太子殿下の正式な婚約者になられたのですね」

「これで、このロールアウト王国は安泰ですね！」

「ふふ、そんなことはないわよ。皆もご両親の跡を継いだり、新たな事業を行ったりして、この国を支えてね」

　私がそう言って微笑むと、一人の生徒が不安そうな表情で近寄ってきた。

「サマーリア公爵令嬢……。でも、アバズン男爵令嬢はどうされるのですか？」

　途端に周りにいた生徒達は黙り込んで一斉に私を見てきた。そんな、彼らの反応に私は苦笑しながらも答える。

「……そうね。何か間違いがあってもよくないから、殿下にはアバズン男爵令嬢とは二度と会わないようにしてもらわないといけないわね」

　私がそう答えた瞬間、後ろで壁を叩く音が聞こえた。もちろん誰が叩いたのかわかった私はゆっくりとそちらを振り向き、淑女の礼をする。

「ごきげんよう、王太子殿下」

「バイオレット、どういうことだ……」

荒い呼吸をしながら王太子殿下が睨んでくる。そんな彼に私は心底わからないという表情で首を傾げた。

「何がでしょうか？」

「しらばっくれるな！　婚約者の話だ！　私は聞いてないぞ！」

そう叫ぶ王太子殿下に私だけじゃなく、周りにいた生徒も呆れた表情をする。何せ婚約発表は昨日のうちに、ほとんどの貴族に伝令で伝わっていたからだ。

まあ、どうせ昨日も街の宿に皆で泊まっていたのでしょうね。

私は仕方なく、王太子殿下に説明してあげた。

「当たり前ですよ。王太子殿下はご友人達と街を遊び歩いてまともに王宮に戻っていないのですから」

「そ、それは……王宮にいると口うるさく文句を言われるからだ！」

「それは王太子殿下のためを思って言っているのですけどね……。とにかく、聞いていないのは王太子殿下ご自身の問題ですし、それに私は言いましたよね。嫌なら王太子殿下から早く言ってくださいと。お忘れになったのですか？」

作り笑いを浮かべてそう聞くと、王太子殿下は悔しそうな表情をして俯く。しかし、すぐに顔を上げ、私を睨んできた。

「くっ……。なら、今から言ってきてやる！」

「あら、もう遅いですよ」

私が扇で汗だくの王太子殿下をあおぎながらそう答える。すると、王太子殿下は驚いた表情を向けてきた。

「な、なんだと⁉　どういうことだ⁉」

「……もう、私達の婚約は好き嫌いでどうこうできるものじゃないんです。将来、国王と王妃になる者は、このロールアウト王国を繁栄に導かなければいけないのですよ。いわば何の感情も必要ない政略結婚です」

「そんな……」

王太子殿下はショックを受けた表情でフラつく。しかし、そんな王太子殿下を後ろで支える人物がいた。兄、サジウスである。

「大丈夫ですよ、王太子殿下。あなたとミーアの幸せは私が作ります」

そう笑顔で言う兄を殿下は感動した面持ちで見つめた。

「サジウス……」

「私がこの愚妹を必ずや婚約者の地位から引きずり下ろしましょう」

兄はそう言うと、眼鏡を軽く指で上げて私を睨んでくる。そんな兄に私が微笑むと、舌打ちしてきた。

「王太子殿下、ここは空気が悪い。ミーアのところに行きましょう」

「ああ、そうだな」

二人はそう言ってお互いに頷き合うと、足早に去っていった。すると、先ほどまで空気に徹していた生徒達が口々に王太子殿下達の悪口を言い出したのだ。そんな生徒達を見て私はついつい口元が緩んでしまう。

ふふ、どうやら彼らに味方はもういないようね。後は計画どおりにいけば……

「ふふふ……」

私は思わず想像してしまい、扇で口元を隠し笑うのだった。

第六章　誕生日プレゼント

今日、私は十七歳になった。つまりは誕生日である。

そのため、部屋の中は私を慕ってくれている人達からのプレゼントで埋め尽くされていた。ちなみに遡る前のこの時期はアバズン男爵令嬢のせいで皆に嫌われていたため、プレゼントは指で数えられるほどしかもらっていなかったはずである。

しかも、四大公爵家以外は適当なプレゼントだったのよね。

私はそんなことを思い出しながら、お祖父様から贈られた、白い花のアクセントがついた赤色のドレスを手に取り鏡の前であてがう。

「このドレス、似合うかしらね？」

側にいるルリアに聞くと、不満そうな表情で口を開いた。

「……私、許せません」

「許せない？」

私は思っていた答えとは違う言葉が返ってきたため、思わず振り返るとルリアが言葉を継いだ。

「今日はお嬢様が十七歳になる大変おめでたい日です。なのに婚約者である王太子殿下からは何も贈られてきませんでした……」

「それは仕方ないじゃない。あんなことがあったのだし」

私が数日前にあったパーティーのことを思い出していると、ルリアが首を横に振る。

「それでも一国の王子なのですよ。婚約者となったお嬢様にプレゼントを贈るのは礼儀ではないですか」

「ふふ、いいのよ。だってもらったって絶対に使わないもの。だからって誰かにあげるのもまずいでしょう。なら、贈られてこない方が良かったのよ」

そう言うと、ルリアは苦笑する。

「確かにそう考えるとこれで良かったのかもしれませんね」

「でしょう。それにね、プレゼントは色々な意味を込めて贈るものよ。だから、きっと王太子殿下からプレゼントがきても碌(ろく)なものじゃないわ」

私はそう言い、先月の王太子殿下の誕生日に贈ったブローチを思い出す。ローズクォーツを削ってセイレーンという神話の生き物に跪(ひざまず)く三人の男をかたどったブローチを作って贈ったのだ。それに対してのお礼はもちろん、嫌味すらない。

きっと見てもいないのでしょうね。気に入ってもらえると思っていたのだけれど……

私が残念がっていると、ルリアがポケットからおずおずと紫色の何かを出して、手の平に載せ、私の前に出してきた。それを見た私は思わず感嘆の声を上げてしまった。

「まあっ。フリージアを刺繍したブローチだわ。とても綺麗にできているわね」

「お、お嬢様へのプレゼントです」

緊張した様子でそう言ってくるルリアに、私は驚いてしまう。何せ使用人からのプレゼントなんて初めてだからだ。しかも、一番信頼しているルリアからである。つい嬉しくなり浮ついてしまった。

「わ、私に？」

「は、はい。あのご迷惑なら……」

「そんなことないわ」

私は手を引っ込めようとするルリアから急いでブローチを取ると、すぐに胸につけて見せる。

「どうかしら。って、鏡を見なくてもきっと素敵なのでしょうね」

そう言って微笑むと、ルリアは嬉しそうな表情を浮かべた。そんなルリアに私は心の底から感謝し頭を下げた。

「ルリア、ありがとうね」

「お、お嬢様、頭をお上げください！」

そう言って慌て出すルリアに私は首を傾げる。

「どうして？　最高のプレゼントをもらったのよ。当然でしょう」

「い、いえいえ、たかが侍女にそれは！　そういうのはこういう凄いプレゼントを贈られる方にしてください」

ルリアはあたふたしながら近くにあった大きな箱を持ち上げる。それを見て、私はそういえばと思い出した。

このプレゼントって誰が贈ってきたのかわからないのよね。確か中身は……

私はルリアが持っている箱の蓋を開ける。中には、上品な黒色のマーメイドラインのドレスが入っていた。

「いったい誰が贈ってくれたのかしら？」

「お嬢様の髪の色に絶対似合いますよ」

「でも、これを着たら絶対、あの人達は悪女とか言ってきそうよね」

怯えたふりをするアバズン男爵令嬢を背に庇い、王太子殿下やお兄様、そしてカイエス伯爵令息が私を指差してそう言ってくる光景が頭に浮かぶ。しかし、私は口角を上げてしまった。

使えるわね、このドレス。

そう思った瞬間、私は頷く。

「決めたわ。これにしましょう」

「えっ？　決めたとは？」

「もちろん、卒業パーティーに着るドレスよ」

私はそう言うと、あの場に立つ自分と四人の姿を想像して笑みを浮かべたのだった。


卒業パーティーまで残り一週間となった。現在、学院は次の学期まで休みとなっている。もちろん、単位が足りていない者や、課題を提出できてない者は登校しなければいけないが、成績のいい私には関係ない話である。しかし課題をやらず、更にはテストの点が悪すぎて単位が取れていないアバズン男爵令嬢とカイエス伯爵令息の二人は違う。当然、二人は学院へ行き勉強や課題をしっかりやらなければいけないのだが、なぜか王太子殿下と一緒に街で遊び回っていた。まあ、おそらくは王太子殿下が、勉強ができなくともカイエス伯爵令息は騎士団に、アバズン男爵令嬢は王宮に置くから大丈夫とか馬鹿なことを言っているのだろう。

まったく、頭の中がお花畑ね。

私はそう思いながら、一通の手紙を手に取り、祈りつつ開く。そして、読み終わった後に思わず頬を緩ませてしまった。

これでどうやって毒薬を手に入れたか理解したわ。後は向こうの二つのピース待ちね……

手紙の返事を考えていると、ルリアが部屋に入ってきて報告してくる。

「ミーア・アバズン男爵令嬢が何者かにより毒殺されそうになったとのことです」

「……一つ目のピースがきたわね。では、二つ目のピースは今夜あたりかしら。早速、警戒を始めてね」

「はい。皆にも言っておきます。でも、本当に捕まえなくてよろしいのですか？」

「ええ、言い訳しても逃げられない舞台を用意してるから大丈夫よ」

私はそう答えながら、机の引き出しを見つめる。前回はこの中から毒薬が入った小瓶が出てきたのだ。もちろんグレイスが兄の指示を受けて入れたのである。

さてさて、ここに最後のピースがくるのはいつかしら。

私は自分の首筋をなぞり、口元を歪める。

当初はただ、王太子殿下の婚約者にならないようにすればいいと思っていたけれど、結局はこうなってしまった。いや、最初から私はこうしたかったのだろう。

私を陥れた者達に復讐を……

そう思った時、遡る前に王太子殿下に言われた言葉を思い出す。

「血は黒くはないけれど、きっと今の私の心はとても醜いのでしょうね」

私が苦笑しながらそう呟くと、ルリアが首を横に振る。

「それは違います。お嬢様は誰もが認める公爵家のご令嬢です。私はあの日助けていただいてからずっとお嬢様を見ていましたからわかります」

「……ふふ、でも、ルリアのあれは演技で、サマーリア公爵家の反応を見たかったのでしょう。次の四大公爵に入れる器か見極めるためにね」

私がそう言って微笑むと、ルリアは驚いた表情をする。

「バレていたのですね。さすがはお嬢様です」

「まあ、この一年近くルリアと一緒にいてわかったのよ。あなた、完璧に侍女の仕事をこなしてるじゃない。でも、結局、無駄になってしまったわね。きっとサマーリア公爵家は無事では済まないわよ」

「……そうですね。いったい、サマーリア公爵家はどうなってしまうのでしょう？」

「まあ、全て終わればわかるわよ。それに生きていればなんとかなるわ……」

私は最後の方はルリアに聞こえないぐらい小さく呟くのだった。

ついに、運命の日になった。私は馬車から降りると、身嗜みをチェックする。

縦ロールは完璧ね。

私はいつもより丁寧に巻いた縦ロールを見て目を細めた後、目立たない程度にシロネグサの銀刺繍をした黒色のマーメイドラインのドレスと、胸元にある紫色のフリージアを刺繍したブローチを見つめて微笑む。ちなみにシロネグサの銀刺繍はあの後、ルリアが入れてくれたものだ。

うん、こっちの方が遥かにいいわ。

私は前回、殿下の瞳の色に合わせたドレスを着ていた。

けれどあの人達にとって、私は悪女なのだ。今の私には、この黒いドレスが相応しい。

私は不敵な笑みを浮かべ、今日のために用意した紫色の扇を広げる。

「さあ、行くわよ」

後ろに控えているルリアに声をかけ、卒業パーティーの会場へ向かった。

会場に足を踏み入れるとすぐに皆の視線が私の方に向いてきたが、積み重ねてきたことが実ったようでほとんどの視線は好意的なものであった。

ふふ、しっかり浸透したみたいね。

堂々と前を向いて歩きながら私がそう思っていると、シレーヌ・マドール侯爵令嬢が声をかけてくる。

「あら、サマーリア公爵令嬢お一人？　婚約者である王太子殿下のエスコートはないのかしら？」

「ふふ、わかってるくせに。それで、わざわざ嫌味を言いに来たの？」

「……さっき、仲良しお馬鹿四人組が堂々と王族専用口から中に入っていくのが見えましたわ。大丈夫ですの？」

「大丈夫よ。好きにさせておけば」

私が答える。マドール侯爵令嬢は呆れた表情になる。

「どうなっても知らないですわよ。人がせっかく心配してあげてるのに……」

「大丈夫よ。全ての仕込みは済んでるもの」

そう言って不敵な笑みを見せる。マドール侯爵令嬢は苦笑して手を軽く振った。

「……じゃあ、私は巻き込まれないように離れて見てますわ」

マドール侯爵令嬢がそう言い私から離れていくと、今度はリリアン・ベーカー伯爵令嬢が入れ替わるように私の前にやってきた。

「サマーリア公爵令嬢、あなた裏でこそこそ何やってるのよ」

ベーカー伯爵令嬢はそう言って睨んでくる。私は扇であおぎながら背を向けた。

「安心しなさい。あなたをどうこうしようなんて思ってないから」

「はっ？」

ベーカー伯爵令嬢は驚いたように首を傾げるが、私は気にせずその場を後にする。

そして、そのまま前回断罪されたパーティー会場の中央近くで立ち止まったのだ。直後、タイミング良く王族専用の通路から王太子殿下達が現れ、真っ直ぐにこちらに向かってくる。

もちろん、私は微笑みながら待ってあげた。この国一番の最低劇を観るために。

いいえ違うわね。参加かしら。ただし無理矢理だけれどと思っていると、王太子殿下は私の側に来るなり前回と同じように会場に響き渡る声で言ってくる。

「バイオレット！　お前に言いたいことがある！」

その瞬間、会場の皆がこちらに注目し、それを見た兄とカイエス伯爵令息は笑みを浮かべる。完璧な舞台が作れたと満足しているのだろう。

良かったわね。皆に見てもらえて……

心の中でそう呟くと、私は扇で隠した口元を歪めて笑うのだった。

今年のロールアウト王国の学院卒業パーティーは異様な雰囲気に包まれていた。それも、会場の中央付近にいる四人組のせいである。

まずは薄緑色の髪をし、青色の瞳を持つ美しい青年フェルト・ロールアウト。今回、卒業する生徒のうちの一人で、このロールアウト王国の王太子殿下であり、私、サマーリア公爵家令嬢バイオレットの婚約者でもある。

王太子殿下は婚約者の私を、まるで人殺しを見るような目で睨みつけてくる。いや、王太子殿下だけではない。その隣にいる私と同じ髪と瞳の色をし、眼鏡をかけた優男（やさおとこ）、私の兄であるサジウス・サマーリア公爵令息も、赤髪の野性味ある顔をしたブラウン・カイエス伯爵令息も同じような目で睨んでいた。ただし、この二人は若干口元が緩んでいたが……。

そんな三人を、派手な装飾がこれでもかとついた、髪の色と同じ桃色のプリンセスラインのドレスを着たミーア・アバズン男爵令嬢が、小動物のような動きでオロオロと見つめていた。まあ、この女も、きっと心の中では笑い転げているのだろう。

悪趣味ね。この断罪を行う舞台を作るためにどれだけの悪事を働いたのかしら……扇であおぎながら、そんなことを思っていると王太子殿下が私を指差してきた。

「バイオレット！　貴様の悪虐非道の行い、言語道断である！　よって、お前との婚約は破棄し、私は隣にいるミーア・アバズン男爵令嬢を婚約者とする！」

王太子殿下がそう宣言すると、会場中からどよめきが起きた。まあ、ほとんどの生徒とその家族は呆れた表情を浮かべていたが……

私はその光景を見つめて目を細める。そして、自分達の世界に入って周りが見えていない王太子殿下達に言ってあげた。

「王太子殿下、婚約を破棄するにしてもきちんとした手順があるのですよ……。まずは皆が納得できる理由を教えてくださいませんか？」

「ふん、シラを切るか。貴様はミーアの教科書を隠したり破いたりしただろう。それに熱い飲み物をかけたり階段から落としたりもだ！」

「……証拠や見た者はいるのですか？」

私が聞くと、王太子殿下は不敵な笑みを浮かべた。

「ある！　皆来い！」

王太子殿下の声に従うように、何人かの生徒達がこちらに歩いてきた。その生徒を見て、私は扇で顔を隠す。もちろん、笑ってしまったからだ。しかし、それを見た王太子殿下が嘲笑を向けてくる。

「バイオレット、証人が出てきたから恐怖したか！」

「……ぷっ、いえいえ。ところで、あなた達は本当に……見たのかしらね？」

私が扇から顔を出し微笑むと、生徒達は途端に怯えた表情になる。きっと私の目がまったくもって笑っていないのがわかったのだろう。しかし、王太子殿下に促(うなが)され生徒達はたどたどしい口調で次々に答えてきた。

「た、確かにサマーリア公爵令嬢がアバズン男爵令嬢の教科書を破いているのを……見ました！」

「わ、私はサマーリア公爵令嬢がアバズン男爵令嬢に水をかけるのを見ましたよ！」

「俺はサ、サマーリア公爵令嬢がアバズン男爵令嬢を階段から落とすのを見ました……」

生徒達が言い終わると王太子殿下は笑みを浮かべ、どうだと言わんばかりにこちらを見てくる。そんな王太子殿下にまた私は笑ってしまった。

「ふふふ。なるほど、あなた達は間違いなく見たのですね……。だそうですよ、国王陛下」

私がそう言うと、会場にいた者達は一斉に王族席を振り返る。そこにはいつの間にか両陛下と第二王子殿下が立っていたのだ。私の言葉に国王陛下は頷いた。

「間違いなく聞いた」

国王陛下が答えると、王太子殿下や証言した生徒達は一瞬、緊張した面持ちになる。

だが、それ以上何も言わない国王陛下に騙せたと思ったのだろう、すぐに笑みを浮かべ始めたが、それでも気にせず私はアバズン男爵令嬢に扇を向ける。

「ミーア・アバズン男爵令嬢、あなたにも聞かないといけないわね。私はあなたにそんなことした記憶がないのだけれど、いつしたのかしら？」

するとアバズン男爵令嬢は急に涙目になり、床に膝をついて私を見上げてきた。

「ひ、酷い！　ミーアにあんなことして覚えてないなんて！　やっぱりミーアの爵位が低いのが気に入らないの⁉」

アバズン男爵令嬢が涙を流すと、王太子殿下が歩み寄り、彼女を優しく立たせる。そして、力強く抱きしめ頭を振った。

「違う！　ミーアと私が真実の愛で結ばれたから、この悪女は私達に嫉妬してやったんだ。だがバイオレット、お前はやりすぎた！　階段から落ちたら死んでいた可能性だってあるんだぞ！」

そう言って私を射殺さんばかりに睨んできたので、つい苦笑してしまう。

ふふ、王太子殿下は本当に何も知らないのね。まったく哀れな人ね。

私は王太子殿下を憐れみながら口を開く。

「まあ、本当に落ちたら危ないでしょうね。本当ならですが……」

「貴様、まだシラを切るか！」

「だって、私はやっていませんから。ねえ、学長？」

こちらに歩いてきた学長に聞くと、彼は笑顔で頷いた。

「ええ、この私が保証しましょう。バイオレット・サマーリア公爵令嬢は学院でそんなことをしていないと。証拠もあります」

学長はそう言うと、後ろをついてきた二人組に頷く。すると、そのうちの一人が王族席に頭を下げた後に周りを見回しながら話し出した。

「私はロールアウト王国監察官代表を務める、デンバー伯爵家当主アルジールと申します。私の部下が学院内で監視していましたが、サマーリア公爵令嬢がアバズン男爵令嬢にそんなことをしたという報告は一度たりともありませんでした」

デンバー伯爵がそう言うと、続けてもう一人が王族席に頭を下げた後に話し出す。

「わたくしはロールアウト王国記録官代表、アルメリアと申します。私の部下達の細かい記録にもいっさいそのようなことは書かれていません。むしろ、サマーリア公爵令嬢はアバズン男爵令嬢に近づかないよう常に避けていたと記録にはあります」

二人が言い終わると、王太子殿下は驚いて証言をした生徒達とアバズン男爵令嬢を見る。

「ど、どういうことなんだ？」

するると生徒達は一斉に真っ青になって床に座り込み、アバズン男爵令嬢は王太子殿下の胸に顔を埋めて泣き真似をし出した。しかし、混乱している様子の王太子殿下は、ただ私達を交互に見ることしかできない。そんな哀れな王太子殿下に私は言ってあげた。

「王国の影が見ていたのです。そして、目の前にいる生徒達は王太子殿下を騙して甘い汁を吸おうとしている貴族のご子息とご息女ということですよ」

「えっ……」

私がそう教えてあげたのだが、やはり脳内のお花畑が満開を迎えている王太子殿下では答えに辿り着けないらしく、何度も「えっ？　えっ？」と繰り返している。

「ふふ、すっかり色ボケして考える力もなくなったみたいですね」

また笑いそうになってしまったので、扇で口元を隠しながらそう言うと、王太子殿下は馬鹿にされたのだけは理解できたらしく歯軋りしながら睨んできた。しかし、そんな王太子殿下の肩に手を置く者がいた。兄である。

「愚妹に惑わされてはいけません、王太子殿下。こちらにはあの証拠があるのですから」

兄がそう言うと王太子殿下は途端に笑顔になって頷き、私を指差し睨んできたのだ。

「この悪女め。貴様がした非道を今、皆に教えてやる！　聞け、このバイオレットなる者はロールアウト王国が製造、所有を禁止している毒薬を使って、ミーア・アバズン男爵令嬢と隣国のアルダム・ネオンハート王太子殿下を殺害しようとしたのだ！」

王太子殿下はそう言って周りを見回す。これにはさすがに会場中の人々も驚き、疑うような視線を私に向けてくる。

そんな光景に一瞬、前回の断罪劇を思い出し、ふらついた。けれど、すぐにルリアが後ろから支えてくれる。

「ありがとう、ルリア」

「お嬢様、大丈夫ですか？」

「ええ、おかげさまでね。やはり、あなたは私の命綱よ」

私はルリアにそう言った後、王太子殿下を睨む。

「……さすがにそれは冗談にしても笑えませんね。証拠はあるのですか？」

「ああ、あるぞ」

王太子殿下が笑みを浮かべて頷くと、待っていましたとばかりに兄が大声で言った。

「証拠を持ってこい！」

すると、会場の入り口から騎士団長であるレニール・ウェイン侯爵と、騎士達に囲まれたグレイスが入ってきた。そしてウェイン侯爵は小瓶を掲げて言ったのである。

「先ほどバイオレット・サマーリア公爵令嬢の部屋にある机の引き出しからこれを見つけました。教えてくれたのはサマーリア公爵家の侍女グレイスです」

その瞬間、王太子殿下は勝ち誇った笑みを、そして兄とカイエス伯爵令息は醜悪な笑みを浮かべた。

騎士団長であるウェイン侯爵の言葉に会場中がどよめく。それを国王陛下が手を叩いて鎮めるとウェイン侯爵の方を向いて口を開いた。

「……それは本当に毒薬なのか？」

「ここにいるグレイスが間違いないと言いました」

ウェイン侯爵が答えると、国王陛下はグレイスの方を向く。

「なぜ、知ったのだ？」

「……恐れながら国王陛下、私はバイオレットお嬢様が部屋で毒薬を入手したこと、そして、ミーア・アバズン男爵令嬢と隣国のアルダム・ネオンハート王太子殿下をその毒薬で殺害しようとしていることを、そこにいるルリアに話しているのを聞いてしまったのです」

「ふむ、その話は間違いなく確かなのだな?」

国王陛下の言葉に、グレイスは一瞬顔を強張らせるがゆっくり頷いた。

「……はい」

「だそうだが、サマーリア公爵令嬢、言い分はあるか?」

国王陛下に頷き返すと、私は固唾を呑んで待っている皆に聞こえるように声を張って答えた。

「それは毒薬ではありませんよ」

そしてウェイン侯爵の方に歩いていき、会釈した後に小瓶を受け取って中の液体を飲み干したのだ。

途端にグレイスが驚愕の表情を浮かべる。もちろん王太子殿下達も。そんな彼らを一瞥した後、再び会場中に聞こえるぐらいの声で私は説明する。

「これは、夜眠れない時のためにブランデーを入れてあるのです。それでこれには毒薬が入っているとか言ったわよね。それに私が部屋でルリアに恐ろしい話をしたとも……」

そして小瓶を目の前で見せながら微笑むと、グレイスはみるみる顔を真っ青にし、震え出した。兄は慌てた様子でグレイスを隠すようにして立ち、私を睨んでくる。

「バイオレット! お前、どうやって中身を入れ替えた!?」

「あら、人聞きが悪いですね。そもそも、毒薬なんて恐ろしいものは持っていませんよ」

「嘘だ！　絶対にあるはずだ！」

兄は焦った表情でそう叫ぶが、ウェイン侯爵が頭を振った。

「精鋭達で屋敷中を探したが毒薬は見つからなかった。ただし、怪しいものは見つけたがな……」

ウェイン侯爵の言葉に、兄はホッとした表情に変わる。

「な、なんだ。やっぱり、あったじゃないか。きっとそれが毒薬だ。間違いない！」

そう言う兄に、ウェイン侯爵はまたもや頭を振る。

「いいや、あったのはサジウス・サマーリア公爵令息、お前の部屋に隠されていた、隠語を使用して毒薬の使い方が書かれた紙だ。しかも筆跡はお前だよ。つまり、毒薬を持っていたのはサジウス・サマーリア公爵令息、お前の方だ」

ウェイン侯爵がそう言った瞬間、後ろに控えていた騎士が動き出し兄とグレイスに迫っていく。もちろん剣とは無縁の兄とグレイスはまったく反応できずに、あっという間に取り押さえられ床に組み伏せられた。そんな二人を見て私は思わず口角を上げてしまう。

ふふ、グレイスを監視していたルリア達のおかげで、前もって用意していたこれと替えられたのよ。

私は手の中で小瓶を転がしながら目を細める。

本当に運が良かったわ。何せ、前回この目に焼きつけた毒薬の小瓶を偶然雑貨屋で見つけられたのだから。

「でも、もういらないわね」

私は手にしていた小瓶をわざと落とす。すると、それは兄の鼻先まで転がっていき止まった。

兄が憎らしげに私を睨んでくるので、私は思わず笑みを浮かべる。

くく、どうかしら？　殺したいほど憎らしい妹を屈辱的な状態で、しかも下から見上げる気分は？

「堪らないわね」

私がそう呟き楽しげに兄を見つめていると、今度は騎士に連れられた両親がやってきた。もちろん予定どおりにと両親の反応を見ていると、父が床に押さえつけられている兄をなんとも言えない表情で見下ろす。

「サジウス……」

すると、兄は必死に顔を持ち上げ、口を開いた。

「私は何もやっていない！　きっとバイオレットが私の筆跡を真似して部屋に隠したんだ！」

そう訴え、手を伸ばす。しかしその伸ばされた兄の手を両親は見つめるだけで、決して掴もうとはしなかった。しかも、しばらくすると怒気を含んだ表情で兄を睨んだのだ。

「……何もやってないだと？　お前の部屋から出てきたたくさんの手紙を読ませてもらった。なんて恐ろしいことを考えていたんだ……」

「まさか、あの娼婦のために私達まで殺そうとしていたなんて……」

「あっ……」

兄は両親の言葉を聞き、顔を真っ青にする。そんな兄とグレイスに向かってウェイン侯爵が言った。

「サジウス・サマーリア、そしてサマーリア公爵家の侍女グレイス、お前達二人を禁止毒物所持でまずは拘束する」

ウェイン侯爵がそう言うと、二人は騎士達によって縄で拘束され転がされた。先ほど嘘の証言をした生徒達も、兄達と同じようにされ転がされる。ちなみにアバズン男爵令嬢は、私が前もって捕まえないようお願いしてるので、まだ王太子殿下の胸に顔を埋めている状態である。そんなアバズン男爵令嬢を、私は口元を緩ませて見つめた。

まだ、劇は半分もいってないわよ。

「……だから、最後まで付き合ってね」

私はそう呟き、冷や汗を垂らし挙動不審になっている王太子殿下を蔑んだ目で見つめた。

「……王太子殿下、今の状況は理解できていらっしゃいますか？」

私が聞くと王太子殿下はビクッとし、その後、頭を押さえながら答えてきた。

「ど、毒薬を持っていたのはバイオレットじゃなく、サ、サジウスだったということか？」

「ふふ、どうやら理解できたようですね。じゃあ次ですが、毒薬をこのロールアウト王国に持ち込んだのは誰でしょうか？　ちなみに愚兄じゃないですよ」

そう言うと、先ほどから俯いて黙ってしまっているカイエス伯爵令息に視線をやる。

王太子殿下は私の視線を追い、カイエス伯爵令息に気づくと目を見開いた。

「嘘だろう……」

「嘘じゃありませんよ。カイエス伯爵令息がミネルバに頼んで持ち込ませたのです」

私が答えると同時に、王太子殿下の前に猿轡をされ体を縄で縛られたミネルバが転がされた。その瞬間、カイエス伯爵令息は逃げようとする。剣を抜いた騎士に既に取り囲まれていることに気づき、へたり込むが。いや、すぐ心底驚いた表情である方向……こちらに歩いてくるルスタール伯爵と、ルスタール伯爵令嬢に向ける。会場にいる者達と一緒に。

「な、なぜ、ヒルダが？　死んだのでは……」

驚くカイエス伯爵令息に、ルスタール伯爵令嬢は冷めた目をしながら答える。

「なぜって、あなたとミネルバが雇った賊に私が殺されたことも、お父様が怪我したことも全部、大罪人であるあなた達を確実に捕まえるためのお芝居ですもの」

「そんな……」

カイエス伯爵令息はそう呟くと項垂(うなだ)れてしまう。その姿を一瞥(いちべつ)した後、ルスタール伯爵令嬢は私に頭を下げてきた。

「我が儘(わがまま)を聞いていただきありがとうございます。どうしてもこの大罪人を捕まえる一員に私も加わりたかったのです」

「ふふ、手紙が一枚無駄になっただけだから大丈夫よ。でも、先に作戦が上手くいった話を聞いていなかったら、私もきっと亡くなったという知らせを信じてしまったわね」

「まさかあんなに早く仕掛けてくるとは思いませんでした……」

ルスタール伯爵令嬢はそう言って、汚いものを見るような視線をカイエス伯爵令息に送る。きっとルスタール伯爵令嬢の中ではもう、カイエス伯爵令息は汚物以下の存在に成り下がっているのだろう。私もまたカイエス伯爵令息を睨む。

「カイエス伯爵令息、あなたは私に『心というものがないのか？』と言ったことがあるわよね？　じゃあ、平気で人に罪を着せたり人殺しができたりするあなたってなんなのかしら？」

カイエス伯爵令息は一瞬、肩を震わせたが、項垂れたまま答えることはなかった。ルスタール伯爵はそんなカイエス伯爵令息を睨み、口を開く。

「こいつと後で男同士の会話をさせてもらいますよ」

「……決して殺さないでくださいね」

「こいつとは違いますから安心してください」

ルスタール伯爵はそう答えて笑みを浮かべた後、ウェイン侯爵に向き直り敬礼する。

「こちらは全て終わりました」

「ご苦労だった」

そう言った後、今度はウェイン侯爵が国王陛下に敬礼する。

「国王陛下、毒薬をこの国に持ち込んだ容疑でミネルバとその仲間達を全員捕まえました」

「うむ、ご苦労だった。そのミネルバ達だが、たくさんの罪を犯している。繋がっている貴族連中も全員処罰するから覚悟をしておくように」

国王陛下がそう伝えると、会場中が慌ただしくなった。何人かの王太子派閥の貴族が早足で会場から出ようとしたのだ。まあ、出入り口は完全に騎士団によって封じられていたので、彼らは項垂れ兄達と同じように猿轡をされ、体を縄で縛られて床に転がされたが。

「……芋虫だらけね」

私が顔を顰めてそう呟くとルリアが首を横に振る。

「お嬢様、違います。ここにいるのは誰も利を得ない本当の害虫ですから」

「確かにそうね。じゃあ残りの害虫も退治しないといけないわね」

私は真っ青になっている王太子殿下と、いまだに顔を王太子殿下の胸に埋めているアバズン男爵令嬢を見つめて微笑む。

「さあ王太子殿下、次はあなたの番ですよ」

扇を勢いよく広げると、挙動不審な動きをしていた王太子殿下はビクッとして慌て出した。

「わ、私は毒薬なんか知らない！　サジウスやブラウン達が勝手にやったことだ！」

「ええ、それはわかっていますよ。毒薬を持ち込んだのはミネルバと悪徳商会。毒薬を使って色々と悪さをしたのはカイエス伯爵令息と兄であるサマーリア公爵令息、そして王太子派閥の貴族ですから」

「な、なんだ。なら、問題ないじゃないか」

　王太子殿下はあからさまにホッとした表情になったので、思わず私は苛々して顔を顰めてしまう。

「……何を言っているのですか？　王太子殿下は間接的に隣国のアルダム・ネオンハート王太子殿下に毒薬を飲ませるのを手伝っていたのですよ。何せあの日、招待客じゃないその方達を勝手にパーティー会場に入れたのです。おそらく王族だから持ち物検査すらされずに入ったのではないですか？」

　私がそう聞くと王太子殿下はあの日のことを思い出したのか、ハッとしてカイエス伯爵令息と兄を見た。

「ま、まさか、あの時に毒薬を⁉」

　しかし、二人は目をそらして答えることはなかった。なので仕方なく私が兄の部屋で見つけた計画書を思い出しながら説明してあげることにした。

「計画を考えたのは兄で、毒薬を持ち込んだのはカイエス伯爵令息。そして会場でミネルバの仲間の給仕に渡したんです。つまり、王太子殿下は毒薬をパーティー会場に入れるのを手伝ったのですよ。だから、言ったでしょう。取り返しがつかないことが起きたら誰が責任を取るのですかと……」

「う、ああ……」

王太子殿下は全身から大量の汗を流し、王族席を見る。そこにはなんとも言えない表情を浮かべた両陛下と、心底冷たい眼差しで王太子殿下を睨んでいる第二王子殿下が立っていた。

それを見た王太子殿下はアバズン男爵令嬢を抱えたまま尻もちをつき、最後には項垂(うなだ)れる。どうやら、頼みの綱の両陛下が助けてくれないことを理解したらしい。そんな王太子殿下を一瞥(いちべつ)した後、私はアバズン男爵令嬢を睨む。

「いい加減に顔を上げたらどうかしら、全ての元凶であるミーア・アバズン男爵令嬢」

私がそう言うと、アバズン男爵令嬢は勢いよく顔を上げてこちらを睨みつけてきた。

「ミーアは悪くない！」

「悪くないですって？」

「……そうよ。ミーアは何も悪くないんだから！」

アバズン男爵令嬢はそう叫ぶと涙を流し、周りに懇願するような目を向ける。

しかし、もうアバズン男爵令嬢に声をかける者は現れなかった。それは、アバズン男爵令嬢の側で力なく座り込んでいる王太子殿下も。だが、それに気づかず、アバズン男爵令嬢は必死に王太子殿下に訴え出す。

「フェルト！　ミーアと一緒になるって約束したでしょ！　なら、ミーアを助けてよ！」

アバズン男爵令嬢はそう叫び王太子殿下を揺するが、殿下は床の一点を見つめるだけで反応すらしなかった。そんな王太子殿下に国王陛下は複雑な表情を向けながら、持っていた杖を向ける。

「フェルト、お前から王位継承権を剥奪して生涯北の塔で幽閉とする……」

国王陛下がそう言うと王妃陛下は項垂れるが、第二王子殿下は不満そうな表情で国王陛下を睨んでいた。きっと文句を言いたかったのだろう。しかし、前もって私が頼んでおいたので、何も言わないでくれた。

第二王子殿下に心の中で礼を言った後、私は国王陛下を見ながら扇で隠した口元を歪める。

やはり、甘いことを言ってきたわね。

元王太子殿下――第一王子殿下も思ったよりも軽い処分にほっとしたのだろう、少し顔を上げて笑みを浮かべた。だが、すぐに悲しい表情を作り、再び俯く。そんな第一王子殿下を見て私は腸が煮えくり返るどころかホッとしてしまった。

「良かった、心が折れなくて……」

私はそう呟き、先ほどから第一王子殿下の肩を揺すっているアバズン男爵令嬢に扇を向ける。

「さあ、次はあなたの番よ」

すると、アバズン男爵令嬢はもの凄い勢いで顔だけこちらに向け、恐ろしい形相で睨んできた。

「うるさい悪役令嬢！　なんであたしの知らない動きばっかりするのよ！　おかげで知らないルートに入ったじゃない！　もう、乙女ゲームのＮＰＣ如きが邪魔しないでよ！　あたしはこの『真実の愛に目覚めて、永遠に君と』のヒロインで主人公なのよ！」

アバズン男爵令嬢はそう叫んで私を睨んでくる。しかし、私はどう答えていいかわからなかった。何せ、アバズン男爵令嬢が何を言っているのかまったくわからない。思わず周りを見てしまうが、誰一人理解している様子は見られなかった。

参ったわね……

どうしようかと思っていると、アバズン男爵令嬢が突然立ち上がり、勢いよく髪を掻きむしって地団駄を踏み出した。

「悪役令嬢とのイベントが全然起きないから頑張って無理矢理イベントを起こしたのに、こんな終わり方納得できない！　なんなのよこのクソゲー！　あたしのハーレム計画が台無しじゃない！」

アバズン男爵令嬢は天井を見上げてそう叫んだ直後、ハッとした表情になり醜悪な笑みを浮かべた。

「……そうだバグよ。きっとバグに違いないわ。なら、リセットしてやる。そうすればまた最初からできるもん。次はこの役立たずの三人じゃなくて隠しキャラを攻略しよっと！　きひひひっ」

アバズン男爵令嬢の言葉に、兄とカイエス伯爵令息がショックを受けた表情になる。

しかし、アバズン男爵令嬢はそんな二人に向かって唾を吐いた後、私を睨んできた。

「……ゲームと違う動きをしたあんたがきっとバグね！　だから、あたしが修正してやる！　そうすればまたオープニングタイトルに戻るわよ、きひひひっ！」

アバズン男爵令嬢は私に向かって訳のわからないことを言い続けた挙句、ドレスをめくりあげ隠していたナイフを取り出した。騎士団長のウェイン侯爵が庇うように私の前に立とうとしたのだが、扇で遮る。

「あれは私の獲物だと話し合いで決めましたよね……」

「わかった。ただ、危険な場合は介入するぞ」

「ふふ、そんなことにはなりませんよ」

私はアバズン男爵令嬢の前に立ち扇を突き出す。するとそれが合図になったのか、アバズン男爵令嬢は叫びながらこちらに向かってきた。

「悪役令嬢ぉーー！　あたしの世界から消えてよおぉぉおぉーーーー！」

「まったく、誰の世界よ……」

私は呟きながら迫りくる桃色の塊を避けると、その首筋に思いきり鉄製の扇を叩きつけた。

「ぎぎゃあーーーー！」

桃色の塊、改めアバズン男爵令嬢は絶叫しながら床を何度も転がっていき、ついには止まると痙攣（けいれん）して動かなくなった。それを見届けた私は短く息を吐く。

「ふう、何を言っていたのかさっぱりわからなかったけれど、これでアバズン男爵令嬢は終わりなのは確かだわね」

そう呟くと、私は扇を広げて満面の笑みを浮かべるのであった。

倒れたアバズン男爵令嬢は、すぐにウェイン侯爵の指示によりきつく縛りあげられた。

その光景を渋い表情で見つめながらウェイン侯爵が私に尋ねてくる。

「……サマーリア公爵令嬢、先ほどアレが言っていたことは理解できているか？」

「いいえ……」

「そうか。ネオンハート王国への説明をどうするかな……」

「元凶の頭がおかしくなっていたなんて説明できませんよね……」

「まあ、なぜネオンハート王太子殿下を毒殺しようとしたかは、あの計画書でわかっているから、それで納得してもらうしかないな。それよりもだ……」

ウェイン侯爵は第一王子殿下の方を見て溜め息を吐く。

「ふうっ、今回のきっかけは王太子殿下……いや、第一王子殿下とアバズン男爵令嬢の行いなのに、あんなぬるい処遇ではネオンハート王国が許すとは思えない。場合によっては戦争になってしまうぞ」

「ですよね……」

私は疲れ切った様子で座り込む両陛下を冷めた目で見つめる。なぜならお二人のあれが演技だとわかっているからだ。

私は北の塔がどういう場所か、第二王子殿下から聞いている。

屋敷のような広さがある塔で、中では自由に生活できるのよね……。料理もまともなものが出てきて、衣類も毎日綺麗なものが着られる。そして、夜のお相手をしてくれる未亡人も呼べると……。本当に最低ね……

私は扇で隠した口元を歪める。

きっと両陛下は私が知らないと思っているから、あんな処分を選んだのよね。残念だけど私の味方は全員知っているし、そもそも間接的であれ、隣国の王太子殿下の毒殺未遂に関わっているのだから幽閉程度で済まされるわけないでしょう……

そう思いながら両陛下を睨んでいると、後ろに控えていたルリアが声をかけてきた。

「お嬢様、ベルマンド公爵様が来られました」

「そう、タイミングがいいわね」

そう呟き入り口の方に目を向けると、鋭い眼光の老人がこちらに向かってくるのが見えた。

ドルフ・ベルマンド公爵。四大公爵家の一つで、私の祖父でもあり、今回、手紙で色々とやり取りして私を陰で支えてくれた最大の味方である。ルリアを連絡役にして様々な調査もお願いした。私はそんな祖父に淑女の礼をして微笑む。

「お待ちしておりましたわ、ベルマンド公爵」

私がそう言うと、ベルマンド公爵は片手を上げて苦笑する。

「普通に接してくれ、バイオレット。もう、だいたい終わったようだな」

「はい、お祖父様が手伝ってくださったおかげです」

「可愛い孫のためならなんだってするよ。しかし、あの馬鹿娘からよくこんな立派な孫が生まれたものだな」

お祖父様はそう言って、近くにいた母を睨む。母は真っ青になって、父の後ろに隠れてしまった。しかし、その父もお祖父様を見て震えている。それを見てお祖父様は溜め息を吐く。

「しっかり育てたはずだが、どこぞの馬鹿に嫁に出したせいですっかり腑抜けたらしい。まあ、そのおかげで気高く美しい孫が生まれたのだから結果良しとするか……」

「ふふ、褒めすぎですよ。それでお祖父様、毒薬を運び込んだ者達はどうなりましたか？」

「ああ、商人から貴族までほとんど捕まえることができた。後はこの会場にいる連中だけだよ」

お祖父様はそう答えると、ウェイン侯爵を見る。

「逃がさないように頼むぞ」

「はっ！」

ウェイン侯爵が敬礼すると、お祖父様は満足そうな表情を浮かべる。

「……後は国王陛下だが、やはり甘い判断を下したか」

お祖父様はそう呟くと、こちらを見て驚いている国王陛下と、何が起きているか理解していない第一王子殿下を交互に見る。お祖父様は、国王陛下が第一王子殿下の処分を甘くすると確信していたのだ。それを正すために来てくれたわけだが、私は内心不安になっていた。なぜなら、本来、ここには四大公爵全員で来る予定だったからである。

なぜ、お祖父様は一人で来たのかしら？

そんなことを思っていると、急に入り口の方が騒がしくなった。何事かと思ったら、お祖父様が笑みを浮かべて私に言ってきた。

「バイオレット、来たぞ」

「えっ？」

お祖父様に促され、改めて入り口の方を見て驚く。なぜなら、そこにはネオンハート王太子殿下とダントフ侯爵令息が立っていたからだ。

……どうして？　ネオンハート王太子殿下は毒のせいで容態が思わしくないはずでは……

次の瞬間、ハッとしてお祖父様を見る。お祖父様はゆっくりと頷いた。

「毒は確かに盛られたが飲まなかったそうだ。だが、飲んだことにした方がバイオレットには都合がいいだろうとネオンハート王太子殿下が言ってな」

お祖父様はそう言って、こちらに歩いてくるネオンハート王太子殿下とダントフ侯爵令息に頭を下げる。

「全てあなたの考えていたとおりになりましたよ。ネオンハート王太子殿下」

お祖父様がそう言うと、なぜかダントフ侯爵令息が答えた。

「それは良かったですが、ベルマンド公爵は本当にいいのですか？」

「はい、バイオレットが幸せなら私は構いません」

「わかりました」

ダントフ侯爵令息は頷くと、私に向き直り頭を下げてきた。

「騙（だま）してしまい、すみませんでした、サマーリア公爵令嬢」

「ええと……まさか、あなたがネオンハート王太子殿下なのですか？」

「ええ。そして、あちらが本当のレンゲル・ダントフ侯爵令息です」

その言葉を受けて、私達が王太子だと思っていた丸刈りの大男——ダントフ侯爵令息が更に深く頭を下げてきた。

「……申し訳ありませんでした」

「いいえ、気になさらないでください。でも、なぜそんなことを？」

私の問いに、ダントフ侯爵令息が申し訳なさそうに答える。

「それはうちの王太子殿下がこの国で自由に動き回れるようにと考えまして……」

「自由にですか……」

呟いた後にネオンハート王太子殿下を見ると、頷いてきた。

「まあ、他にも理由がありますが、裏で動きながら四大公爵家に声をかけるにはその方が良かったのです。それに私は半年前、この国に来た時には既にあのパーティーでグラスに毒を塗られるのを知っていました——多分、こう言えばサマーリア公爵令嬢ならわかるのではないですか？」

そう言われて考え、すぐに答えに行き着いた。

「……まさか、ネオンハート王太子殿下も時を遡ったのですか？」

周囲に聞こえないよう、囁くように尋ねる。

「ええ、そういうことです。だから、あなたが彼らに対してどんな罰を下したいのかも理解していますよ」

ネオンハート王太子殿下の言葉に、私は思わずドキッとして数歩後退ってしまう。なぜなら、自分の醜(みにく)い部分を見透かされた気がしたから。まあ、ネオンハート王太子殿下はそれを理解した上なのか労(いたわ)るように言ってきたが。

「あんなことをされたんだ。復讐したいという気持ちは当たり前のことですよ」

「でも……そのために、皆を利用しました……」

「だが、助けられた人達もいます」

　そう言われ、私は思わずルスタール伯爵令嬢を見てしまうとネオンハート王太子殿下は頷いてくる。

「彼女だけじゃない。あなたが知らないだけで、たくさんの人々が命を救われたのですよ。だから、これは復讐じゃなく、大罪人達を裁く断罪劇です」

「断罪劇……」

「ええ」

　ネオンハート王太子殿下が不敵な笑みを浮かべてくる。もちろんその笑みを理解した私は苦笑しながら頷く。

「ふふ、ありがとうございます。それではフィナーレを迎えないといけませんね」と、これからお祖父様と一緒にどう陛下達を追い込もうか考えていると、ネオンハート王太子殿下がゆっくりと私に歩み寄り、突然跪(ひざまず)いたのだ。これには、会場中からどよめきが起こった。だがネオンハート王太子殿下は気にする様子もなく、私に手を伸ばす。

「サマーリア公爵令嬢、四大公爵家ではあなたの願いを叶えるのは難しいと思います。だから、私という剣をお取りください。そうすればあなたの思うままのフィナーレを迎えられますよ」

ネオンハート王太子殿下はそう言って笑みを浮かべた。私も思わず笑みを浮かべる。

「私のような腹黒い悪役令嬢でよろしいのですか？」

「ええ、腹黒い私にはピッタリですね」

「ふふ。では、お願いしますね。アルダム様」

私はアルダム・ネオンハート王太子殿下の手を取り、微笑む。

「こちらこそお願いします。バイオレット嬢」

アルダム様はそう言うと私をエスコートし、王族席の方に向かって歩き出す。それを見た第二王子殿下が王族席から飛び出してきて、私達の横に並ぶと両陛下の顔は真っ青になった。きっとまずいことが起こると理解したのだろう。

「でも、もう遅いわよ」

私は呟き、両陛下に向かって満面の笑みを浮かべる。

私達が王族席の前に来ると、国王陛下は血の気の引いた顔でアルダム様を睨んできた。

「……あなたがネオンハート王太子殿下なのですね。しかも……毒薬を盛られて危険な状態と聞いていたが、私達を騙したということかな？」

「騙すとは人聞きが悪いですね。この国の王族関係者が信用できなかっただけです」

アルダム様はそう答えると、何が起こっているのかまったく理解していない様子の第一王子殿下に顔を向ける。途端に、国王陛下は苦虫を噛み潰したような表情になった。

「た、確かにフェルトは間接的に関わった。だから、しっかりと罰を下した」

アルダム様は肩をすくめ頭を振った。

「被害を受けた我が国の意見も聞かず勝手に決められるのは困りますね。ロールアウト王国はネオンハート王国を舐めているのですか？」

「な、舐めてなどは……。では、ネオンハート王太子殿下はどうしたいのだ？」

「今回の毒殺未遂に関わった全ての者を断頭台にて処刑とする、ということでいかがですか。私の溜飲も下がり、この国から悪さをする連中も消える。まさに一石二鳥ですよ」

「なっ⁉」

陛下は驚愕の表情を浮かべる。アルダム様の言葉は会場にいる貴族達にも聞こえていたが、意外にも皆は納得した表情をしていた。もちろん、捕まった者達は真っ青になり震え上がっていたが……

　そんな中、第二王子殿下が冷めた口調で国王陛下に声をかける。

「兄上のことは諦めてください。一歩間違えたらネオンハート王太子殿下は毒を飲み亡くなっていたんです。未遂であったとしても戦争が起きてもおかしくないのですよ」

「だ、だが、フェルトは直接的には……」

「きっかけを作ったのは兄上ですよ。それは先ほどサマーリア公爵令嬢が説明したでしょう」

「そ、それは……」

　国王陛下は言葉に詰まってしまう。すると、隣にいた王妃陛下が国王陛下に向かって頭を振った。

「フェルトは諦めましょう……」

「くっ……」

　国王陛下は悔しそうな表情を浮かべて俯く。そんな国王陛下に、アルダム様は顎に手を添えながら声をかける。

「さてと、じゃあ、次はあなた達の番ですよ」

「はっ？」

「えっ？」

ポカンとした表情になった両陛下に、アルダム様は溜め息を吐いた。

「当たり前でしょう。この件はロールアウト王国の次期国王になる第一王子がしでかしたことですよ。その親であるあなた方が責任を取るのは当然です」

「わ、私達は犯人を捕まえることに協力したぞ！」

「そ、そうです。さすがにそれはやりすぎでしょう！」

「だが、元を正せば第一王子に王族としての責任を果たすようしっかりと教えなかったのが原因ではないですか？」

アルダム様がそう言うと、どうやら自覚はしていたらしく両陛下は黙ってしまう。そんな姿を呆れて見ていると、いつの間にか側に来ていたお祖父様が両陛下を憐(あわ)れんだ目で見て言った。

「お二人は離宮に下がられよ。これは四大公爵家の総意です」

「……ベルマンド公爵。これは反乱なのか？」

「反乱ではありません。当初の予定どおりエイデン様が跡を継ぎますよ。即位が少しだけ早くなるだけです。それに今度は我らがしっかりとロールアウト王国全体を見ながらエイデン様を支えますので、安心して残りの時間を自分達のためにお使いください」

国王陛下は床に座り込むと私を睨んできた。

「くっ……」

「サマーリア公爵令嬢、これは聞いてないぞ。騙したのか……」

「騙したとは人聞きが悪いですね。それにこれはロールアウト王国のためでもあるのですよ」

「この国のためだと？」

「ええ、だって周りが見えていない両陛下にロールアウト王国を任せていたら、この国に未来はありませんからね。皆もそう思っていますよ」

そう言って周りを見回すと、会場にいた貴族が何度も頷く。それを見て、両陛下は驚愕の表情を浮かべた。

「なぜだ……」

「そうよ。確かにフェルトのことは教育が行き届かなかったかもしれないけれど、執政などはちゃんとやっていたわ！」

「その第一王子殿下に問題がありすぎたのですよ」

私はそう言ってルリアから紙束を受け取り、二人に渡す。

「ん？　請求書だと……なんだ、この請求額は⁉」

「第一王子殿下が隠れてアバズン男爵令嬢へ貢ぎ物をしていたみたいですよ。ちなみに今日着ていたあのセンスのないドレスですが、大粒のピンクダイヤを大量に使ってますので金額は王家が一年で使える額の五割に達するそうです」

「な、なんですって⁉」

「それに、今までに使った額を合わせると王家が使える三年分のお金を使い込んでますね。だから、王宮にあるものをこれからどんどん売っていかないといけませんよ。何せ、民の税金から補填するわけにはいきませんもの」

　そう言って微笑むと、二人はどんどん顔色が悪くなり最後は力なく項垂(うなだ)れてしまった。

　そんな二人を一瞥(いちべつ)した後、私は第二王子殿下に声をかける。

「後はお任せしてよろしいですか？」

「ああ、もちろん。それと嫌な役を任せてしまってすまなかった」

「いいえ、私がやりたかったことですから問題ありません」

　私が笑顔を向けると、第二王子殿下は苦笑しながらお手あげのポーズをする。

「ふう、これからは加減して相手をしてくれよ。未来のネオンハート王国の王妃陛下」

「ふふ、私じゃなれるかどうかわからないですよ」

「そんなことはないよ。ねえ、ネオンハート王太子殿下」

「ええ、皆、あなたを歓迎しますよ」

アルダム様はそう言うと私の手を取り、口付けをおとす。その流れるような動きに私はまったく反応できず、顔が赤くなってしまう。ただし、両親が近づいてきたことに一瞬で熱が冷めてしまうが。

何しに来たのかしらねと。すぐに理解することはできたが。

冷めた目で両親を見つめていると、二人はニヤけた笑みを浮かべながら言ってきたから。

「バイオレット、私は鼻が高いぞ！　まさかネオンハート王太子殿下の心を射止めるなんて！」

「さすがは私が産んだ娘ね。馬鹿なサジウスとは大違いよ！」

しかもアルダム様や第二王子殿下、そしてお祖父様の前だというのにスキップしながら私に歩み寄り。ただしである。お祖父様が私達の前に出ると、両親はビクッとしたが。いや、すぐにニヤついた表情に戻る。

「ベルマンド公爵、私達はこれからサマーリア公爵家の家族のみでバイオレットの婚約を祝いたいのですよ」

「ええ、お父様。だから義理の息子になるネオンハート王太子殿下と私達の四人だけにしてくださいませんか？」

「貴様ら……」

お祖父様は怒りでワナワナしながら睨む……が、両親は怯む様子もない。しかも一歩前に踏み出す始末。私は大きく溜め息を吐いてしまう。

「はあっ。やはり駄目みたいね。ルリア、あれを渡してあげて」

ルリアは頷くと、お父様に請求書を渡す。

「なんだ？　……宝石の代金に高級宿代？　な、なんだ、この法外な額は⁉」

「お兄様が第一王子殿下と競うようにアバズン男爵令嬢へ貢いでいたみたいですよ。全てを支払ったら、きっとサマーリア公爵家は爵位以外なくすでしょうね」

「な、なんだと⁉」

「ど、どういうことなの、バイオレット⁉」

「やったのはお兄様なのだから、私に聞かずに本人に聞いたらどうかしら？」

冷めた口調でそう言うと、両親は勢いよく、縛られ転がされている兄に向かって走っていった。その様子を見ながら、私はお祖父様に一枚の用紙を渡す。

「お祖父様、これに四大公爵家のお名前を書いて裁判所に届けておいてくださいますか？」

「サマーリア公爵家から籍を抜くか。理由もしっかりしているし受理されるだろう。考えたな、バイオレット」

「身一つになってしまいますが、重しを背負っていくよりはマシですから」

「なら、籍を抜いた後にベルマンド公爵家の養女となるといい。しっかり後ろ盾になろう」

「ありがとうございます、お祖父様」

私はお祖父様に頭を下げると、アルダム様に微笑む。

「アルダム様のおかげで無事に全て済みましたわ」

「お役に立てて良かったですよ。では、後の処理はエイデン殿とベルマンド公爵に任せて、私達は別室で遡りの件を話しましょうか」

「はい、ぜひに」

早速、アルダム様と会場から出ようとした時、今まで静かにしていた第一王子殿下が私に向かって叫んできた。

「助けてくれ、バイオレット！」

第一王子殿下は縛られた体を器用に動かし床を這ってこちらに向かってくる。私は思わず後退り、その姿を視界に入れないよう扇で顔を覆った。

「気持ち悪い動きね……」

「大丈夫ですか？」

アルダム様が心配そうに声をかけてきたので、大きく頭を横に振る。

「……私はどうやら大きな芋虫が苦手みたいです」

「それは良くないですね。レンゲル、バイオレット嬢の壁になってくれ」

「わかりました」

ダントフ侯爵令息が頷き、私と第一王子殿下の間に入る。するとダントフ侯爵令息の向こう側から怒鳴り声が聞こえた。

「どけっ！　私はバイオレットに話があるんだ！　バイオレット、私はミーアという悪夢から目を覚ました！　だから、またやり直そう！」

「……やり直す？」

私は思わずカチンときて聞き返してしまう。すると、今度は嬉しそうな声が聞こえてくる。

「ああ、そうだ！　昔のようにまた王宮のテラスで楽しくお茶をしよう。だから、私を助けてくれ！」

「……あら、なぜ私があなたを助けなきゃいけないのですか？　私を殺そうとしたのに？」

「な、何を言ってるんだ？」

「しらばっくれないでほしいですね。王都の広場に断頭台を作って私の首を刎ねようとしたくせに……」

怒りを込めて言う。第一王子殿下の声はいつまで経っても聞こえてこなかった。きっと、バレたと思っているのだろうが、私はカマをかけただけである。でも、これで第一王子殿下達の中にその考えがあったことがわかった。

要は第一王子殿下達は前回と同じ状態だったわけね。そして、前回と同じように私を嵌めようとした第一王子殿下達を逆に嵌めてやったと……

そう考えたら思わず口角が上がってしまった。

「いい気分ねえ……」

私はそう呟くと、前回引きずられるように連れ出されたのとは違い、アルダム様にエスコートされながら堂々と会場を出ていったのだった。

現在、私達はパーティー会場を出てアルダム様が借りた屋敷に来ている。

ちなみにルリアは「お嬢様の側が私の居場所です」と嬉しいことを言ってくれ、今も私の後ろに控えている。そんな中、アルダム様が早速、時を遡った理由を話してくれた。

「時を遡る前のことからお話ししますね。まず、ことの発端は私の婚約者探しです。最初は国内で探したのですが、ちょうど年頃の令嬢が少なかったのです。しかも、なんとか集まった令嬢に強面のレンゲルを使ってテストをしたらほとんどが逃げ出してしまいました」

「表面しか見なかったのですね」

「ええ、まあ、中には気にしなかった者もいたのですが、残念ながら他の理由で落ちてしまいまして……」

「それで、他国に手を伸ばしたのですか？」

「はい。まあ、それで婚約解消されるかもしれないと噂のあなたをお忍びで見に行ったのですが……」

アルダム様がそう言って苦笑したため、私は言わんとするところを理解して恥ずかしくなってしまった。

「お恥ずかしいところを見せてしまいましたね……」

「事前に調査した際には、完璧令嬢で王妃に一番近い存在と言われていたので驚きましたよ」

「まあ、あの時の私は毎日ヒステリックに怒鳴り散らしていましたからね……」

「仕方ありませんよ。彼らに嵌められて抜け出せなくなっていたんですから。まあ、それで、私はあなたを諦めて他の令嬢を探そうとしていたのですが、その最中に私の役を演じていたレンゲルがパーティー中に毒を盛られましてね。それで、犯人探しをしているうちに断罪劇が行われ、毒を盛ったのはバイオレット嬢だと……」

アルダム様はそう言った後に肩をすくめる。それで私はその話をアルダム様は怪しく思っていたのだと理解した。

「まあ、私がアルダム様に毒を盛るなんてこじつけみたいなものでしたからね」

私が呆れた口調で言うと、アルダム様は苦笑しながら頷いた。

「ええ、あなたに毒を盛られる理由がどう考えてもありませんからね。その後、断罪劇の内容を聞いて毒を盛ったのは、バイオレット嬢を陥れて男爵令嬢を悲劇のヒロインに仕立て上げたかったからだろうと理解しました。だからこそ、本当の犯人はあの断罪劇に関わった者の中にいると確信したんです。それで、ロールアウト国王陛下に犯人は他にいるからしっかり探してほしいと訴えたのですが、聞き入れてもらえませんでした」

「まあ、あんな派手な断罪劇をした後に勘違いでしたとは言えませんでしょうし、ましてや自分達の考えが間違っているなんて思いもしないでしょうね」

「ええ、それでさすがの私も我慢の限界を超えましてね。力ずくで犯人を見つけるために国に戻り戦争を起こそうとしたその時に思い出したのですよ。我が王家に伝わる伝承をね」

アルダム様の言葉に、私は自らが体験したことを思い出す。

「時を遡る力ですね。それを使って犯人を探すのではなく、ダントフ侯爵令息を助けようと……」

「まあ、後はロールアウト王太子殿下の企みもぶち壊したいと思いました。それで、急いで国に帰り伝承を調べた結果、時を遡るためにはクロノスの杖と呼ばれている神が作った宝具が必要だとわかりましてね」

「クロノスの杖……」

ロールアウト王国に伝わる、特別な決め事がある時に国王が持ち出す杖だ。すると、アルダム様は私の思考を読み取ったかのように頷いた。

「ええ、ロールアウトの国王陛下が持っていたあの杖ですよ」

「……どうやって手に入れたのですか？」

「バイオレット嬢の処刑の約一年後に、第二王子殿下と四大公爵家がロールアウト王国内で反乱を起こしまして」

「反乱ですか……」

「詳しく知りたいですか？」

アルダム様はそう聞いてくるが、私はすぐに頭を振る。何せ、私にとってはもうどうでもいい話だし、反乱が起きたというだけでだいたいの予想はつくからだ。そんな私にアルダム様は頷く。

「では、続きを……反乱を起こす時に私も少し手伝ったのですよ。その手伝いの報酬にもらったのです。まあ、元々クロノスの杖はネオンハート王国のものだったので返してもらったと言う方が正しいですがね。そしてクロノスの杖を手に入れた私は、あなたの遺体が埋められた場所に向かい、棺を掘り起こしました……」

「はっ、ちょ、ちょっとお待ちください！　今、なんて言いましたか⁉」

私は思わずアルダム様の言葉を止めてしまう。それは当然だろう。私の遺体が入った棺を掘り起こしたと言っているのだ。

すると、申し訳なさそうにアルダム様が答えてきた。

「すみません。ただ、あなたの棺を掘り起こしたのには理由があるんです。何せ時を遡（さかのぼ）るには、その時その場所にとても強い思いを持ったものがないといけないんです。

それは生きていようが死んでいようが物だろうが関係なくね」

「そうなると私はうってつけだったわけですね……」

「ええ、あの時は冤罪であんな大々的な処刑をされたあなたしか私には思いつきませんでした。まあ、おかげで無事に時を遡れたわけですが、あなたの思いが強すぎたのかわかりませんが、あなたまで記憶を持って遡るとは思いませんでしたよ……」

「ふふ、アルダム様にはお礼をしなければなりませんね」

「お礼なら既にいただきましたよ。バイオレット嬢、あなたという将来の伴侶をね」

「なっ⁉」

アルダム様がさらりとそんなことを言ってきたので、私は耳まで赤くなってしまった。

そんな私を見て、アルダム様は顎に手を当て口元を緩める。

「ふふ、これは楽しくなりそうですね」

「もうっ！　話を戻してください！」

近くでニヤニヤしているダントフ侯爵令息とルリアを睨みつつそう言うと、アルダム様は笑いながら頷いた。

「わかりました。まあ、それであなたの遺体とクロノスの杖、そしてその杖の力を引き出せるこの瞳を使って時を遡ったわけです」

アルダム様はそう言うと髪をかきあげ、この世のものとは思えないほど美しい中性的な素顔を見せた。ただ、その美しい素顔以上に目を惹くものがあった。それは黄金色に輝く片方の神秘的な瞳である。

「その瞳の色は……」

「神が作りし宝具といわれるクロノスの杖を使えるのは、この黄金の瞳を持つ者のみです。ちなみに宝具を使うとこの色は消えてしまうんですよ」

そう言ってアルダム様はもう片方の黒い瞳を指差した。

「やっと、時を遡った理由がわかりました。それと、お二人の言動の理由もです」

「ああ、あれはすみません。まさか、あのパーティーにバイオレット嬢が現れるとは思わなかったので……」

「前回、私は出ていませんでしたからね」

「はい、だから、最初は警戒しましたが、あなたの行動を見ているうちに、もしかしたらと思い身辺を探らせていただきました」

「それで、私も記憶を持っていることがわかったのですね」

「はい。そして、あなたが彼らに復讐をしようとしていたので、少しばかりお手伝いをしたわけです。ちなみに断罪された彼らには私からちょっとしたプレゼントがあります」

「プレゼントですか？」

「ええ、ある方が体験したことを追体験できるんです。きっと気に入りますよ」

アルダム様はそう言って不敵な笑みを浮かべたので、きっと第一王子殿下達にとっては酷いことなのだろう。もちろん、私は可哀想だとは思わない。

だって、私は悪役令嬢ですからね。

私は心の中でそう呟くと、アルダム様に向かって同じく不敵な笑みを浮かべるのだった。

第七章　それぞれの道へ

私――ロールアウト王国の第一王子、フェルト・ロールアウトは、なぜこんなことになってしまったのか、まったくわからなかった。

しかもである。蝋燭だよりの暗い牢獄に入れられ、かなりの日数が経つが、この臭いと汚さにはいまだに慣れることができないのだ。いや、きっと一生慣れることはないだろう。そして、このカビたパンに、砂が混じった薄くて不味いスープも……と最初は口に入れる気もしなかったが、四日もしたらいつの間にか空になっていた。もちろん否定したかった。空の器を見た看守が「王族はこんなの食わねえんだろ？」と下品な笑みを浮かべて言ってきたのでなおさら。それは意思を持って食べている今も。いや、今は仕方ない……

「仕方ないだろ！　腹が減りすぎてたんだ！」と、嫌な記憶を振り払うようにそう叫ぶと、壁の向こうから声が聞こえてくる。

「隣にいるのは王太子殿下ですか……」

「その声はサジウスか⁉」

「ええ……」

返事がきた瞬間、私は思わず怒鳴ってしまう。

「サジウス！　なぜ、あんなことをしたんだ⁉」

「……ミーアのために決まっているでしょう。男爵令嬢は普通どうやったって王妃になんてなれないんですよ。だから、毒薬を使って大事にすることでミーアへ本来いくはずの様々な視線をバイオレットや隣国に向けたのです。まあ、見事に失敗しましたがね……」

「失敗どころかミーアに騙されていただろう……」

「……違います。ミーアはあの時パニック状態だっただけですよ」

「……お前、本当にそう思っているのか？」

「ええ、当然ですよ。ミーアは本当は優しい女性……いや、女神ですからね。何せ彼女は私の悩みや苦しみを最初から知っていたんです。そして、それを全て受け入れ、私を正しい方向へと導いてくれたんですから。……それをバイオレットの奴が！　私のミーアをおかしくさせやがって！」

サジウスは最後の方は怒りを込めて叫ぶ。私は溜め息を吐いた。

ふう、まだ夢から覚めてないのか……。それとも現実逃避なのか？　まあ、もうサジウスがどうなろうがどうでもいいがな……

そう思ったところで、この一週間ミーアのことを一度も思い出さなかったことに気づく。自分がここに入るきっかけを作った存在なので思い出したくなかったのもあるだろう。

クソッ！　ミーアのせいで……いや、ミーアだけじゃない！　サジウスやブラウンもそうだ！　あいつらのせいで私は騙されてこんな狭くて汚くて臭いところに！　本当なら私は今頃、王宮のテラスでバイオレットと優雅に紅茶を飲み、談笑していたはずなんだ……

「バイオレット……」

そう呟いた後に私は昔を思い出す。彼女はいつも私の横で微笑み、優しい言葉で助言してくれていた。そんなバイオレットのことを私は……

なのに！　なのに！　それが、いつの間にか私の横には愛するバイオレットじゃなく、ミーアという嘘吐きで頭のおかしな女がいたのだ。

「私は騙されたんだ……」

そう呟き鉄格子を睨みつけていると、私の牢獄の前に、ミネルバの前に剣術指南の教官をしていた、ハイネス・グルガント伯爵が現れた。

「お久しぶりです。フェルト様……」

「ハイネスか……引退して領地に引きこもったんじゃないのか？」

「私の息子夫婦を惨殺した真の犯人が捕まったと聞きましたので戻ってきましたよ」

「なるほど、そいつらを見に来たということか……」

私がそう言うと、ハイネスは頭を振った。

「くくっ、見るだけ？　そんなわけないでしょう。ああ、そうだフェルト様、あなた達も今日から次の追体験とやらが始まるみたいですから覚悟しておいた方がいいですよ……」

「追体験？　な、何があるんだ？」

しかし、ハイネスは答えず、ただゾッとするような笑みを浮かべて、その場から離れた。おかげで何があるのかわからずにいた私だったが、すぐに自分の体をもって理解することになったのである。

体中に鞭を打たれた私は立つこともできなくなり、悪態を吐く看守に引きずられて牢獄に雑に投げ込まれた。

「う、う、う……」

ちょっとでも動くと傷に響くため、亀のように床でじっとする。一週間前までは王太子殿下と呼ばれていた自分が、臭くて汚い床でこんなことをしているのだ。心底惨めだった。だが、死ぬ勇気はなかった。おそらく私以外の捕まった連中も同じだろう。

いや、ミネルバは今頃死にたいと思っているかもな……

私が鞭打ち刑を受けている時に、隣の部屋からは肉の焦げる臭いが漂い、ミネルバが何度も上げる絶叫を思い出す。そして、ハイネスの狂ったような笑い声も。

きっとハイネスの息子夫婦を惨殺した真の犯人はミネルバだったのだろうな……。しかし、なんでそんなことをしたんだ？

考えてみたが、犯行の動機がまったくわからなかった。

こんな時、バイオレットならすぐに思いつくのだろうな……

そんなことを思いながら床の上で痛みに耐えていると、看守が誰かを引きずってくるのが音でわかった。誰だろうと顔だけ鉄格子の方に向けると、見えたのは顔が腫れあがり酷い状態となったブラウンだった。ブラウンはなんとか開く片目で私を見てきたが、あっという間に私の前を通り過ぎてしまう。

きっと婚約者を殺そうとしたから、その親にやられたのだろうな……

そう思った時、じゃあ自分はどうなるんだと思ってしまう。騙（だま）されていたとはいえ、バイオレットを断罪した挙句に公衆の面前で処刑しようとしたのだ。

違う！　あれはサジウスとブラウンに唆（そそのか）されたんだ！　だから、私は悪くない！　そ、それにバイオレットならきっとわかってくれる。あれから時間も経っているし、今は冷静になってくれているはずだ。そう、落ち着きを取り戻して優しいバイオレットに戻り、私を助けてくれるはずだ！

そう思った瞬間、急に気力がみなぎってきた。

それから私は毎日、カビたパンを食べ、不味いスープを飲み、鞭打ち刑に耐えた。なぜなら近いうちにバイオレットが助けてくれるからである。

きっと来る。そして、またテラスでいい香りがする紅茶を飲むんだ。もちろん目の前には優しく微笑んでくるバイオレットが……

私がそんな妄想をしていたある日、看守から声がかかった。

「今日がお前の処刑日だ」

呆然とする私の頭に看守は布を被せてくる。その瞬間、私の視界も頭の中も真っ暗になったのだった。

気づくと、暗やみの中で私は横になっていた。どうやら、頭に布を被せられた後に気を失ったらしい。

そんな私の側から声が聞こえてくる。

「ちっ、やっと起きたみたいだな」

そう言って誰かが、私の頭に被せられた布を雑に剥ぎ取った。

眩しさに目が眩んでしまったが、徐々に目が光に慣れると、真新しい断頭台が並んでいるのが見えた。状況を理解した私は、這うようにしてその場から逃げ出す。だがすぐに無理だと理解してしまった。なぜなら私の首が斬り落とされるのを見に来た民衆を目にしたからである。

「逃げても無駄だぜ」

呆然としている私に、死刑執行人が非情にもそう言ってくる。そして、次々と傷だらけで痩せ細り、汚い服を着た者達を連れてきた。私は彼らが誰だか気づいてしまう。

サジウスにブラウン、そしてミーア……。

見る影もなくなった三人を複雑な気持ちで見ていると、死刑執行人が早速、ミーアを引きずり断頭台に首を固定した。その間、ミーアは抵抗もせずに「これはゲームの中よ」とか「リセットするだけ」とか訳のわからないことをぶつぶつ言い続けていた。

そして、次に髪の色以外は本人と認識できないほど顔が変形したブラウンが断頭台に首を固定される。ブラウンは、既に心が折れているらしく終始無言でされるがままの状態だった。

そして最後にサジウスが引きずられてくる。彼は断頭台の前に来ると懇願するように死刑執行人を見上げた。

「……頼む。ミーアの隣に……してくれ」

死刑執行人はサジウスの言葉を聞き入れ、ミーアの隣の断頭台に首を固定する。そんな光景をボーッと眺めていたら、別の死刑執行人に襟首を掴まれ、抵抗する間もなく断頭台に首を固定されてしまった。

これで、本当に終わりだと理解した私が恐怖で震えていると、誰かが側にやってきた。きっと、エイデンあたりが笑いに来たのだろうと思った私は、目線を上げ、思わず頬を緩めてしまう。

なぜなら、私が待ち望んだバイオレットがそこに立っていたのだから。

†

私――バイオレット・ベルマンドが処刑台に上がると、廃嫡され大罪人となった者達は私に気づき、様々な表情を浮かべる。

そんな中で一番、今の状況に似つかわしくない表情を浮かべている人物は、私の元婚約者でこのロールアウト王国の王太子殿下だったフェルトだ。フェルトは、なぜか嬉しそうに私を見ているのだ。正直、この状況でなぜそのような表情になるのか、私にはまったく理解できなかった。

牢獄にいてちょっとおかしくなったのかしら？　でも、前回私が入っていた期間より短いのにね……

そんなことを思っていると、フェルトが私に言ってきた。

「……迎えに……来てくれたんだね」

「はっ？　何を言っているのですか……」

思わず聞き返してしまうと、フェルトは笑みを浮かべて答えてくる。

「助けて……くれるの……だろう」

正直、自分の耳を疑ってしまったが、どうせこの男のことだから牢獄の中できっとおかしな考えに行き着いたのだろう。私ははっきりと言ってあげることにした。

「そんなわけないでしょう。冗談はやめてもらえませんか。私はあなた方がしっかりと断頭台に上がったかを確認しに来ただけですよ。何せグレイスやミネルバは牢獄での拷問に耐えきれなくて死んでしまったみたいですからね。でも、あなた達はちゃんと生きててくれて良かったです。おかげで首を落とされる気持ちを理解してもらえるんですから」

そう言って微笑むと、フェルトは目を見開き固まってしまう。

もう話すことがなくなった私はミーアを見ながらニヤついている元兄、サジウスの方に向かった。

「まだ夢から覚めていないのですね……」

「……消えろ」

「じゃあ、これだけ教えたら消えますよ。あなた方が亡くなった後、あなたとミーアの遺体をロールアウト王国の両端にちゃんと離して埋めてあげますね」

「なっ！」

絶望した顔で私を見てくるサジウスに、思わず頬が緩む。

頭がおかしくなった人には会話よりこういうのが一番よね。

そう思い笑みを浮かべていたら、サジウスは我に返り、私に何か喚いてきた。それを聞き流し、お望みどおりにサジウスの前から離れる。

それから、ミーアの方に向かうと、彼女は私に気づき、目を上げて睨んできた。

「ゲームオーバーに……なってもタイトルに……戻る……だけよ。そしたら次は……あんたを……同じ目にあわせてやる」

ミーアはそう言って笑みを浮かべるが、私は思わず笑ってしまった。

「ふふふははは っ。あなたとっても面白いわね。それってもう私がやっているのよね」

私がそう言うと、ミーアは驚いた表情になる。

「ど、どういう……ことよ？」

「私ね、あなた達に嵌められてここで処刑されたのよ。でも、気づいたら時を遡ってたの」

「……そ、そんな……話……知らない。まさ……か、ここは……あたしの知ってるゲームの世界じゃ……ないの？」

「……あなたが言っていることは相変わらずよくわからないけど、ここがあなたの世界じゃないのは確かかね。だからね……この世界から消えるのはあなたの方よ」

私はそう言って、震え出したミーアの側を離れる。そしてボーッと遠くを見つめるブラウンを一瞥した後、四人に向かって言ってあげた。

「では、皆様とは最後のお別れになります。そこで、ある方から教えてもらった最高の別れの挨拶を言いますね」

私は深呼吸し、口を開く。

「ざまぁ！」

そう言って私は意気揚々とその場を離れるのだった。

「見なくて良かったのですか？」

王都の広場を足早に出て馬車に乗り込むと、ルリアがそう聞いてきたが、私は首を横に振る。

「もう、十分よ。それに、早くネオンハート王国に戻りたいもの」

「確かに結婚式の段取りがまだ途中ですものね。そういえばロールアウト王国の招待客はどうしますか？」

「エイデン国王夫妻に、四大公爵家とその関係貴族ぐらいでいいんじゃないかしら」

私はそう答えながら、前国王夫妻や両親のことを思い出す。

現在、前国王夫妻は離宮に住んで、かなり質素な生活を送っているそうだ。それはフェルトがミーアに貢いだ金額を返済するために、離宮にある調度品を全て売り払い、使用人も最小限しか入れていないからである。ちなみに二人は毎日のように文句を言っていたが、今回の処刑の話をお祖父様が何気なくしたら静かになったらしい。きっと何かしたら自分達も処刑されてしまうと思ったのだろう。

ずっと静かにしていてほしいわね。

そして両親は、ベルマンド公爵家の領地で細々と暮らしている。二人はサジウスがミーアに貢いだ金額を返済するために色々と売った結果、爵位すらも残らなかったのである。

今はお祖父様の監視下で生活しているけど、いつまで我慢できるやら……。まあ、お祖父様が近いうちに、悪さをして火刑や縛り首になった貴族の遺体を見せに行くって笑いながら言ってたから、大丈夫よね。

私がそんなことを思っていると、遠くから歓声が聞こえてきた。きっと四人が処刑されたのだろう。これで私の復讐劇の幕は閉じたわけである。

「やっと、終わったわね……」

そう呟いた後、馬車の窓から外を眺める。今後、ロールアウト王国に来ることはほとんどなくなるだろうから、母国を目に焼きつけておこうと思ったのだ。

……あまり、影響はないみたいね。

外の光景に、ホッとしながらも苦笑する。あれだけのことがあったのに王都は相変わらず人で賑わっていたからだ。おそらく、この中にはあの断罪劇を他人事のように思っている人々もいるだろう。

まあ、大概はそうでしょうね。何せ、ふんぞりかえっている馬鹿な貴族がいくら死のうが、王国の基盤を支えている人達に支障はないのだから。

馬車内に視線を戻すと、ルリアが熱心に本を読んでいるのが目に入った。

「ルリア、何を読んでいるの？」

「これは、とある男爵令嬢が王妃になりたいがために公爵令嬢を陥れようとする話なんです。もちろん、最終的には卒業パーティーで嘘だとバレて公爵令嬢の婚約者である王太子殿下と共に断罪されてしまうんですけどね」

ルリアが嬉しそうに説明してくるので、私は思わず苦笑してしまった。

「まったく、もうそんなのが出ているの？」

「はい。今、巷では似たような本がいっぱい出てて流行っているんですよ。ちなみに馬鹿なことはしないようにっていう啓発本みたいにもなってるんです」

「じゃあ、お祖父様やエイデン国王陛下が関わっているわね……」

「全部に王国公認印が入っていますからそうみたいです」

ルリアはそう言って本の表紙を見せてくる。そこにはしっかりと王国公認の印が押されていた。しかし、それよりも気になるのは、そのタイトルである。

『桃色髪の令嬢はざまあされる』……ねえ。

私は目を細める。なぜなら、この本を作るのに関わっている人物がわかってしまったからだ。

帰ったら、そのお顔を堪能したいから前髪は切ってしまいましょうね、アルダム様。

私はこれからアルダム様と歩む人生を思い描き、穏やかに微笑むのだった。


ネオンハート王国に来てから三ヶ月が経とうとしていた。

現在、私は王宮の書庫で歴史書を読んでいるところである。こちらに来て初めて知ったのだが、ロールアウト王国とネオンハート王国の文化にはかなりの違いがあった。なので、私はこの国の歴史や文化をしっかり覚え、早くこの国に馴染もうとしているのである。

ロールアウト王国に比べてネオンハート王国は文化も技術も一歩どころじゃなく、二歩も三歩も進んでいるようで、読めば読むほど溜め息しか出ない。

はあっ。もし戦争になっていたら、ロールアウト王国はあっという間に負けていたわね。しかし、この技術力はなんなのかしら。それもここ十年間は特に進歩が目覚ましい。よっぽど優れた人材がこの国にはいるのね……

元ロールアウト王国の民として若干の悔しさを感じながら歴史書を読んでいく。しかし、あるページで思わず目を細め、次いで頬を緩めてしまった。それはパレードの絵を見たからである。

まさか、あんなに歓迎されるなんて思わなかったものね。

私は歓迎式典でのことを思い出し苦笑する。

私はネオンハート王太子殿下に毒を盛ろうとした国から来たわけだから、少なからず悪意を向けられると思っていた。しかし、蓋を開けてみたら大観衆に歓迎されたのである。きっとアルダム様が根回しをしたのだろう。

「どこかの国の誰かさんとは大違いね」

私は机に開いた状態で置いてある、この国の王族・貴族名簿に書かれたアルダム様の名前を指でなぞる。すると、いつの間に側に来ていたのか、アルダム様がその美しい顔で私を覗き込んできた。

「おや、誰と比較したのですか？」

そう聞いてくるアルダム様は意地悪そうな笑みを浮かべている。きっとわかっているのにあえて聞いているのだろう。なので、私は軽く睨む。

「もう、わかっていらっしゃるくせに意地悪はやめてください」

「はは、前髪を強引に切られてしまった恨みだと思って諦めてくださいよ」

そう言って私の髪を素早く一房掴み、キスしてくる。いまだにこういうことに慣れない私は顔を真っ赤にしてしまうが、アルダム様はそれを見て楽しげに微笑む。ずるいわね。そんな表情されたら怒れないわ。

その時、後ろからルリアの咳払いが聞こえたので、私は名残惜しく思いつつもアルダム様に言った。

「アルダム様、私は今、勉強中ですから公務にお戻りください」

「うーん、邪魔はしないので隣にいては駄目ですか？」

アルダム様はそう言うが、間違いなくちょっかいをかけてくるだろう。だから、私とルリアは同時に頭を振った。

「駄目です」

「うわっ、二人して真面目なことで……。じゃあ、仕方ない。邪魔者は退散しますよ」

そう言うと今度は私の手をさっと取り、指先にキスをする。おかげで、それからいくら頑張っても頭の中には何も入ってこず、私は頬を赤らめたまま机に突っ伏すのであった。


「ああいうのはいまだに慣れないわ……」

庭園が見えるテラスで休憩をしつつ、先ほどのことを思い出してそう呟くと、ルリアが頭を振って言ってきた。

「仕方がありませんよ。向こうではお嬢様はお妃教育に学問、更には頭のおかしな連中の対応にと忙しかったのですから。それに何より、本来ならあのようなことをしなきゃいけなかったアレが何もしなかったではないですか」

「それは、あの時、私はまだ婚約者候補だったし、何より距離をとっていたもの……。仕方ないわよ」

そう言うと、ルリアはまた頭を振った。

「関係ありません。そもそもアレは自覚してなかったようですが、本当はお嬢様のことを……いえ、とにかく誠意を見せながらお嬢様と距離を縮めていくのが、本来、アレの役目だったのですよ」

ルリアは何か言いかけたが、思い直したようにそう言ってくる。きっと、私に聞かせたくないことだったのだろう。

「そういうものなの？」

言いかけたことには言及せず、そう質問するとルリアは力強く頷いてきた。

「そうですよ！　いいですか、お嬢様。本来、アレはお嬢様を思う手紙をたくさん書き、お嬢様に似合うアクセサリーにドレス、花を贈り、二人の信頼関係を深めていかなければいけなかったんです。そして、最終的には自分の髪や目の色のドレスをお嬢様に着せてパーティーに連れていき、周りにお嬢様は大切な存在だと宣言するのです。しかし、アレは頭がおかしくなる前からお嬢様に対してプレゼントも特別な日以外に贈らなかったし、パーティーや茶会にもまったく呼ばなかったではありませんか。だから最初から婚約者候補としても、紳士としても失格だったのです」

そう怒気を強めて言うルリアに、私は「王太子殿下としての立場もあったから仕方ないわよ」とは言えなかった。何せフェルトは婚約者候補でもないミーアにそういうことを頻繁にしていたからである。だから、私は頷いた。

「そうね、最初からアレは駄目だったということね」

「はい、そういうことです。だから、お嬢様にはネオンハート王太子殿下がお似合いなのですよ」

そう言って微笑んでくるルリアに、私は頬を緩める。やはり、アルダム様とお似合いだと言われると嬉しい。これはフェルトの時にはまったくなかった感情である。まあ、これについては仕方ないのもあった。何せ遡る前の私は、お妃教育で必死だったから。

他の婚約者候補より常に先にって感じで頑張っていたものね。そういえばシレーヌは元気でやってるかしら？

私は手紙のやり取りをする仲にまでなった友人のシレーヌ・マドール侯爵令嬢のことを考える。彼女は卒業パーティーの後、すぐに三年生の勉強を終わらせて一年早く卒業し領地に戻ってしまったのだ。

まあ、きっと領地経営に精を出しているわね。しかし、あのピンクダイヤ……まさか、シレーヌの領地で採れたものだったなんて知らなかったわ……

卒業パーティーの時にミーアのドレスについていた、大粒のピンクダイヤを思い出す。きっとシレーヌが商人を使って上手くフェルト達に買わせたのだろう。

嫌々、婚約者候補にさせられたから王家に仕返ししたのね。

今頃、大金が入ってホクホクしているだろうと想像し苦笑する。それから、もう一人の婚約者候補を思い出そうとしたが面倒なのでやめた。まあ、どうせ元気にやっているだろう。

　それよりもお似合いといえばルリアだって、そうなんじゃないかしら……

　私はある光景を思い出し、思わずルリアに質問してしまう。

「あなたとダントフ侯爵令息はどうなのかしら？」

　するとルリアは一瞬ビクッとなったが、真っ直ぐ私を見つめてくる。

「……私は将来、王妃様となるお嬢様の専属侍女としてこれからも頑張る所存です」

　そう答えてくれることを嬉しくも思うが、やはりルリアにも幸せになってもらいたい私はお節介と思いながらも、少し手伝うことにした。

「あら、別にネオンハート王国では専属侍女だって結婚できるのだからすればいいじゃない」

　そう言って私はある方向を見る。するとルリアは私の視線を追いかけた後、頬を赤らめて俯（うつむ）いた。そんなルリアを見て、私は目を細めた。

「私の幸せには、ルリアが幸せになることも含まれているのよ」

　そう言って、遠くの方で何度も行ったり来たりしながら、こちらをチラチラ見ているダントフ侯爵令息を呼ぶ。彼は驚いた表情をしつつも、すぐに大きな体を揺らしてやってきた。

「いやあ、いい天気だったものでつい外に出たらお二人の姿を見つけましてね」

曇り空の下、そう言ってチラチラとルリアを見るダントフ侯爵令息に内心苦笑する。

仲が良さそうにしていたと思ったらやはりそうだったのね。まったく、こういうことに疎い（うとい）と駄目ね。

私は気づけなかったことを申し訳なく思いながら口を開く。

「私は少し一人になりたいから、二人で話をしてきなさい」

二人は驚いた表情を浮かべるが、すぐに顔を見合わせ、私に頭を下げ離れていった。

「上手くやりなさいよ」

そう呟き庭園を眺めていると、少ししてアルダム様がやってきて横に座った。

「バイオレット嬢、ここら辺でレンゲルを見ませんでしたか？　資料を取ってくるように頼んだのですが……」

そう聞いてくるアルダム様に私は微笑む。

「申し訳ありません。私が引き止めまして、ルリアと今、いい雰囲気になっています」

「ああ、なるほど。なら、仕方ありませんね」

アルダム様は顎（あご）に手を当てて口元を緩ませる。どうやら、二人の仲に気づいていたらしい。

アルダム様が庭園を眺めながら言ってきた。

「ある程度、私達のことが済んだら仲を取り持とうと思っていましたが……そうか、こうなると先に二人のことを考えないといけないな。バイオレット嬢はそれでもよろしいですか？」

私はもちろんと頷く。

「二人のためなら喜んで。盛大に祝ってあげましょう」

「ははは、まったく、あなたという人は……。それなら私達の時はそれを超える式にしないといけませんね」

そう言うと突然、紫色の薔薇を一輪取り出し、私に微笑みながら差し出してくる。

私は思わず感嘆の声を上げてしまった。同時にルリアが言っていたことを思い出した。

確かにこういうのは大事だわ。でも、それなら私もされる側だけでなく、する側にもなりたい。

そう思い、薔薇を受け取った後、ポケットに入れておいたハンカチを取り出す。するとアルダム様は驚き、私を見つめてきた。

「そのハンカチは……」

「ネオンハート王国の紋章ですわ。頑張って刺繍したのですよ」

そう言って差し出すと、アルダム様は嬉しそうな表情で私の手を優しく握ってきた。

その瞬間、私は思ってしまった。真実の愛というものが、もしかしたらあるのかも、と。

しかし、すぐ否定する。

私達は愛とは無縁の貴族、そして王族ですものね。でも……

私はアルダム様を改めて見つめ、思う。この方とならきっとそれに近い関係を築けるだろうと。

だから、私はゆっくりと口を開いた。

「愛してます、アルダム様」

そう囁き、微笑むのだった。

番外編　道化の王

第一話　愚王フェルト

これはバイオレットが遡(さかのぼ)る前の話。彼女が処刑された後の物語である――

†

悪女であるバイオレットを無事に処刑することができた。後は、愛するミーアとの甘い生活が待っている。

私――フェルト・ロールアウトはその時は本気でそう思っていたのだ……

バイオレット処刑の日より一週間後。

私がいつもどおりミーアと共に街へ出かけようとしたら、父上に呼ばれ、たくさんの請求書を見せられた。

「お前はこの数ヶ月でとんでもない額を使ってくれたな……」

「愛するミーアのためです」

そう答えると、父上は机を叩いて私を睨んでくる。

「ふざけるな。勝手に国の金を使い込んで！　おかげで、民や貴族から税金を多めに徴収しないといけなくなってしまったではないか！」

そう怒鳴る父上に、私は肩をすくめる。

「彼らはロールアウト王国に仕えているのですから、多めになろうが支払う義務があるでしょう」

「だが、あまりやりすぎると反乱とかが起きるんだ！　とにかく当面は何も買うな。王都内の店にはお前達に物を売らないよう通達をしておく！」

「なっ⁉　それは困ります！　私はミーアに新作のドレスを買う約束をしたんですよ！」

思わず詰め寄ると、父上は驚いた表情で私を見てきた。

「……フェルト。お前、何を言ってる？　どうしてしまったんだ？」

「どうもこうも、これが本当の私なんですよ」

私は吐き捨てるようにそう言うと、執務室を飛び出す。後ろから父上が何か言ってくるが関係ない。なぜなら、私の方が正しいからだ。それは、あの断罪劇で証明された。

周りは疑わしく思っていたようだが、私やサジウス、ブラウンは自分達を信じて行動し続けた。そして私達は正しいと証明されたのだ。あの瞬間の心地良さはいまだに忘れられない。

これも、ミーアのおかげだな。

私はミーアの笑顔を思い出し、頬を緩ませる。ミーアは私のやることは全て正しいと言ってくれる。小言を言ってくる父上や母上達とは違う。

そんなことを思いながら王宮の外へ向かっていると、今度は母上に呼び止められてしまった。

「フェルト、いつになったらアバズン男爵令嬢を連れてくるの？　そろそろお妃教育をしなきゃいけないのよ」

母上はそう言って咎めるように私を見てくる。私は大きく溜め息を吐き、首を横に振った。

「母上、お妃教育なんてもう古いんですよ。いいですか、これからは優秀な貴族に任せて、私達はそれを上から見ていればいいのです」

すると、母上は私を睨み怒鳴った。

「何を言っているの！　そんなことをしたら、その貴族達が自分に都合のいいルールを作ってしまうわよ！」

「それは母上達だってそうでしょう。いや、母上達の方がタチが悪い。だから、バイオレットみたいな悪女が生まれたんです！」

そう言って睨み返すと、母上は肩を震わせ黙ってしまう。きっと、核心をつかれて何も言えないのだろう。私はそんな母上を一瞥すると、王宮を飛び出したのだった。


王宮を出た後、私はミーア達と合流して先ほどあったことを話した。

「王様や王妃様にそんなこと言えるなんて、やっぱりフェルトは凄いね！」

「そんなことはないさ」

私が照れながらも否定すると、サジウスが首を横に振る。

「いいえ、フェルト様はよく言いましたよ。お妃教育なんてもう古い。そんなものミーアがやる必要はない」

「サジウス、ありがとう！」

「ミーア……」

サジウスはミーアの言葉に嬉しそうに頬を染めた後、私に言ってきた。

「フェルト様、あなたとミーアがこのロールアウト王国の国王と王妃になったら、私がしっかりと支えます」

「サジウス、お前は私にとって最高の友人、いや、もう親友だな」

私が手を差し出すと、サジウスは力強く握ってくる。するとブラウンが不満げに言ってきた。

「二人とも、俺もまぜてくださいよ」

「はは、もちろんだよ、ブラウン」

私がそう言って笑うとブラウンも笑顔になり、私達の握った手の上に自分の手を重ねてくる。まさに三人の友情が一つになった瞬間だった。そんな中、ミーアががっかりした様子で言った。

「はあっ、せっかく皆で楽しく買い物ができると思ったのになあ」

「すまない。約束してたのに……」

頬を膨らませるミーアに、私は途端に申し訳ない気持ちになり頭を下げると彼女は涙目で違うと首を横に振ってくる。

しかも「えっ？　あ、全然、フェルトは悪くないよ。むしろ、ミーアが我が儘言っちゃったのが悪いんだよ。ごめんね」と、私を気遣う言葉まで添えて。

だから、私は更に胸が苦しくなってしまったのだ。サジウスが自分の胸を軽く叩きながら言ってくれた言葉に救われるまで。

「では、今日は私が支払いましょう」

「わっ、いいの、サジウス⁉」

「ミーアのためなら喜んで」

「ふふ、サジウスってやっぱり優しいねえ」

「すまないな、サジウス」

「いいえ、ミーアが笑った顔が見たかっただけですよ」

サジウスはそう言うと眼鏡を軽く上げ、頷いてくる。思わず目頭が熱くなってしまう。

そしてこの借りは必ず返すからな、親友とも。

私は心の中でそう言ってサジウスに頷くのだった。


「売れないだと？」

店に入り、早速ミーアのドレスを見ようとしたら、店主が慌ててやってきて私達にドレスは売れないと困った表情で言ってきた。

「申し訳ありません。サマーリア公爵より、我が商会全てで買い物はさせないよう申し付けられております」

「父上が？　どういうことだ……」

「先日、商会より請求書をお持ちしたところ一括では払えないとおっしゃいまして……。それで、当面王都の商会ではあなた様に物はお売りできなくなりました」

「……なんだと」

サジウスは愕然とし、床に膝をつく。正直、サジウスまで買い物ができなくなるとは思わなかった私が呆然としていると、ブラウンが言ってきた。

「今回は俺が出します」

「大丈夫なのか、ブラウン？　お前のところは親が厳しいだろう？」

「……ミーアのためです。それに親じゃなく、個人的に私の後ろ盾をしてくれている方達に頼もうと思っていますから」

「バイオレットを追い詰めるのを手伝ってくれた貴族達か」

「はい。きっと喜んで出してくれますよ。何せミーアは未来の王妃なんですからね」

ブラウンがそう言ってミーアに微笑みかけると、ミーアは嬉しそうに飛び跳ねた。

「ありがとうブラウン！　ミーア凄く嬉しいよ！」

「いや……ははは」

ブラウンは飛び跳ねるミーアを見ながら照れたように頭をかく。そんなブラウンにサジウスは頭を下げた。

「ありがとう、ブラウン。もう少しでミーアを悲しませるところだった」

「サジウス様、言ったでしょう。俺も支えるって！」

「お前って奴は！」

二人は拳を打ち付け、笑い合う。その光景を見た私も笑顔になった。

「まったく、最高だな」

私がそう呟くと、ミーアも頷く。

「うん！　皆ミーアのためにありがとう！　フェルトもサジウスもブラウンも皆大好きだよ！」

そう言って満面の笑みを向けてくれるミーアに、私はついニヤけてしまう。この顔が見たくて頑張っているのだ。こんな可愛いミーアを私の妻にできるなんて最高である。

そんなことを思いながらミーアを見ていたら、ブラウンが声をかけてきた。

「フェルト様、ミーアの買い物が終わったら、私達の後ろ盾をしてくれている貴族に会いに行きませんか？　この近くでよく集まって話をしていますので、今日もきっと誰かしらいるはずですよ」

「そうだな。彼らはこれからの私を支えてくれると言っていたし、その話もしたい」

「よし、決まりですね」

私とブラウンが話していると、ミーアが私達の腕を掴み引っ張った。

「もう、二人ともドレスを見ようよ。ミーア、どれが似合うかわからないんだよ？」

「ああ、すまない」

「ふふ、俺もセンスはないんだけどなあ」

「何言ってるの！　ミーアはフェルトやブラウンがいいって言うのを着たいの！」

ミーアはそう言って頬を膨らませ、私達の手を取ってドレスがある方へと歩き始める。

私とブラウンは思わず頬を緩めた。

「ミーアはやっぱり可愛いな」

「ああ、そうだな」

ブラウンの言葉に私も頷く。そして、そんなミーアのことを、あの悪女——バイオレットから守ることができて心の底から良かったとも。それはミーアのドレス姿をたくさん堪能した後に何点か購入し、私達の後ろ盾をしてくれている貴族に皆で会いに行ったことでなおさら。

「王太子殿下、これはこれはよくお越しくださいましたね」

「我らがトップが来てくださった。今日はいい日になりそうだ」

後ろ盾になってくれている貴族達は、私達を早速、心から歓迎してくれる。しかもそんな中、一人の貴族が近づき跪いてくる。

「まずは、王太子殿下とその仲間達の正義が成就されたこと、我ら一同嬉しく思います」

「いや、これもお前達という後ろ盾があったからこそだ」

「何をおっしゃいますか。王太子殿下の素晴らしい決断力があったからこそで、我らはたいしたことはしておりませんよ」

「ふっ、まったく欲がないな。少しは何かしてほしいことはないのか？」

私はそう聞くが、貴族はゆっくりと頭を振る。

「何度も言いましたように、王太子殿下が国王陛下となった時に支えられれば満足なのですよ」

「お前達……」

感動し、涙が出てきてしまう。そんな私にミーアが嬉しそうに抱きついてくる。

「フェルト、ミーア達が結婚したらこの人達もサジウスやブラウンみたいに側近にしてあげようよ」

「ああ、素晴らしい考えだな。よし、私が父上の跡を継いだらお前達を側近にすると約束しよう！」

私の言葉に貴族達は皆、跪（ひざまず）いた。

「ありがたき幸せ」

貴族達が一斉にそう言ってくるため、私はまるで国王になった気分になる。するとミーアが嬉しそうに言ってきた。

「ミーア、今フェルトが国王陛下に見えちゃった！」

「そ、そうかな？　じ、実を言うと私もそう錯覚してしまったんだよ」

そう言いながら頬をかくと、貴族の一人が笑顔で言ってくる。

「私達にとっては、あなたはもう既にこのロールアウト王国の国王陛下のようなものです」

「ふふ、さすがにそれは言いすぎだ。だが、いい気分になれた。それで皆はここで集まって何を話しているんだ？」

「……それは、この国の未来を憂（うれ）いているのです。王太子殿下は爵位に縛られて身動きができない者達がいるのはご存知ですか？」

私は思わずミーアを見てしまった。何せミーアは男爵令嬢なので本来は私とこういう関係になれないのだが、皆の力と真実の愛の力で奇跡を起こし、見事に結ばれることができたのである。だが、通常こんなことはあり得ないことは理解していた。この貴族達には、その奇跡が起きなかったのだろう。

「お前達も苦しんでいたということか……」

「私達の大半が爵位が低く、この国の輝かしい未来を作る政治に関われないのです」

「なるほどな。だから、私に対してああいう態度を示したのだな。なら安心しろ。私は約束は必ず守る」

「ありがとうございます。では、王太子殿下が立派な国王陛下になるまで私達がサポートさせていただきます。もちろん、将来王妃陛下になる方へのプレゼントも我らの商会で好きなだけお持ちください」

貴族がそう言って微笑むと、ミーアが嬉しそうに飛び跳ねた。

「やったね、フェルト！」

「ああ、これでミーアにドレスをプレゼントしてやれる。それに将来、私の脇を固める者達も決まった」

私がそう言って貴族達を見ると、彼らは頷いた。

「では王太子殿下、私達と少しお話しいたしましょう。将来の国王陛下となるあなた様に色々と情報をお伝えしたいですからね」

「それはありがたい」

それから私は貴族達と有意義な話をたくさんし、多くの知識をつけることができた。

もちろん、私も彼らに色々と情報を話してやった。それが正しいと感じたのもあるし、何より彼らはいつかは私の側近になるからだ。ただそのいつかは私の想像以上に早くきてしまったのだが。

三ヶ月ほどしたある日、ロールアウト王国に激震が走ったことで。

父上と母上が他国のパーティーへ向かっている最中に事故にあい、二人とも亡くなったのだ。


「フェルト国王陛下、ご即位おめでとうございます」

サジウス、ブラウン、そして色々とサポートしてくれた貴族達が玉座に座る私に一斉に跪く。隣では、王妃になったミーアが眩しそうに私を見つめていた。そう、私は父上と母上が亡くなった一ヶ月後にロールアウト王国の国王になったのである。

「国王陛下、着々と王宮にいる古い考えの者達を追い出しています」

「国王陛下、不満分子の炙り出しも順調です」

宰相となったサジウスと騎士団長になったブラウンが報告してきたので、私は頷く。

「よし、これでこの国は安泰だな。皆の者、新生ロールアウト王国のために引き続き私に力を貸してくれ」

そう言うと跪いた者達が一斉に頷いたため、私は目を細める。

最高の気分だな。これも、自分が正しい行動をした結果だ。

そう思っていた時、突然、ミーアが口元を押さえて軽く嘔吐したのだ。

「ミーア！」

私は急いでミーアを抱きかかえて治療できる場所に連れていく。そして、医師に言われたのだ。「国王陛下、王妃陛下がご懐妊されました」と。

私はこの日、国王になると同時に父親にもなったのであった。


私が国王に即位してからしばらくして、弟のエイデンが王宮から姿をくらました。これまでずっと私に文句ばかり言っていたから、きっと国王に即位した私に罰せられると思い、怖くなって逃げ出したのだろう。

そう考え放っておこうとしたのだが、側近達がエイデンがこの国に不利益なことをするかもしれないと助言してきたので騎士を使って捜させた。だが、いくら捜しても見つからない。そのうえあいつが姿をくらましてから、王国内で小さな反乱がいくつも起こるようになったのだった。

バイオレット処刑の日より一年後。

「見つかりませんでした……」

私は執務室でブラウンの報告を聞き、顔を顰めてしまう。

「くそっ、エイデン如きが反乱を起こすなんていまだに信じられない……。しかし、いったい奴はどこに隠れているんだ？」

「きっと、四大公爵の一人であるメリエール公爵家の領地かと」

「あそこのナタリエ・メリエール公爵令嬢は、確かにエイデンの婚約者だったが、姿をくらました奴に愛想を尽かして婚約破棄をしてきただろう？」

「そう言えばこちらの目を誤魔化せると思ったのでしょう」

「なるほど……」

私は思わずブラウンの言葉に頷いてしまう。そしてエイデンがなぜ長い間、捜しても見つからなかったのか理解した。

くそっ！　エイデンの奴、卑怯なことをして！

エイデンへの怒りを感じながらブラウンに相談する。

「それならメリエール公爵家の領地内をしらみ潰しに捜すか？」

ブラウンはもちろんとばかりに頷く。

「ついでに他の四大公爵家の領地も全て調べた方がよろしいかと思います。あそこはいつも集まって何かを話し合っているという噂がありますから、きっと王弟――エイデン様とも繋がりがあるでしょう」

私は大きな溜め息を吐いた。

「ふうっ、まったく、古いしきたりに縛られる老人達には私の新しい国作りの考えが理解できないのだろうな」

私がそう言うと、ブラウンの隣にいたサジウスが眼鏡を弄りながら頷く。

「まったくです。死期が近い者達が我々の崇高な行動を邪魔するなんて許せませんね。そうだ、こういうのはどうでしょう？　陛下のお子が生まれたら、王都で盛大にパレードをしなければいけません。ですから四大公爵家から多めに税を取るようにしましょう。もし、これに異を唱えてきたら、王族への謀反として領地の一部を没収してしまえばいいのです」

「なるほど、徐々に力を削っていこうというのだな」

「はい、逆らってきた貴族達のように最終的には全て奪ってやればいいのですよ」

「サジウス、素晴らしい案だ。よし、決まりだな」

私は早速、命令を出すため、他の側近を呼ぼうとベルを取り出す。しかし、鳴らそうとしたちょうどその時、側近が慌てた様子で執務室に入ってくる。しかも、入るやいなや私達に向かって叫んだのである。

「反乱が！　反乱が起きました！」

正直、またかと思ってしまった。私はうんざりした口調で聞いた。

「反乱か。また、どこで起きたんだ？」

「ここです！」

側近がそう叫ぶと同時に執務室の扉が蹴破られて、四大公爵家の紋章が入ったマントをつけた騎士団が入ってきた。そして、すぐに見知った人物が私の方に歩いてくる。あまりにも私に盾突いてくるから領地を没収して追い出してやった元騎士団長のレニール・ウェイン侯爵である。

「逆恨みか……」

そう呟くと、ウェイン侯爵が冷めた目で私を見て言った。

「我々はロールアウト王国に住まう全ての民のために お前らを討ちに来た」

「民のためだと……。私はしっかりと国王としてやっているぞ！」

「ふん、どうせ側近の言葉しか聞かないで、己の目では何も見ていないんだろう。今から教えてやる」

ウェイン侯爵はそう言って、後ろに控えている四大公爵家の騎士に指示を出す。すると、何人かが前に出て私達に迫ってきたのだ。まあ、私は安心していたが。すぐにブラウンが剣を抜いて立ち向かっていく姿を見たから。

「この反逆者どもめ！」

しかも、我が王国最高の騎士団長の……そう思っていると騎士があっという間にブラウンの腕を斬りつけ、更に柄頭で顔面を殴りつけて倒してしまったのだ。一瞬の出来事に私は呆然としてしまう。だって、そうだろう。想像していたこととかけ離れたことが起きたのだから。それは今もと思っていると、ブラウンの頭の上に足を乗せた騎士が睨んでくる。

「このクズ野郎が一年以上前にルスタール伯爵令嬢を殺害したことを、あなたは知っているか？」

「なっ⁉　そ、そんなわけないだろう。あれは賊がやったってミネルバが……」

私はそう答えながら最近ミネルバを見ていないことに気づく。すると、騎士が私を馬鹿にするように見て、手紙の束を投げてきたのだ。

「これはミネルバというクズ女が持っていた手紙ですよ。ああ、クズ女は生きたまま狼の餌になったからもうこの世にはいません。聞かせてやりたかったですよ。断末魔の叫びをね」

騎士はそう言って手紙に視線を向ける。要は読めと言いたいのだろう。

正直、国王である私にこの態度は腹立たしいが、ミネルバの件を聞いた手前、今は言うことを聞いた方がいいと思い、仕方なく手紙に目を落とした。

だが、すぐに衝撃を受けた。それはブラウンからミネルバへ、賊を使ってルスタール伯爵令嬢を殺してほしいと依頼する内容だったから。

「……そんな馬鹿な」

私が気絶しているブラウンを見て呟くと、騎士が淡々と言ってくる。

「ちなみにルスタール伯爵も自殺したことになっていますが怪しいですよ。何せ、自殺する前日に私とルスタール伯爵令嬢の事件を調べ直そうと約束をしていたのですからね。なのに翌日、酒を飲み湖に入って自殺するなんて、おかしいと思いませんか?」

騎士は蔑んだ目でそう聞いてくるが、私は答えられなかった。もう、私には理解不能だったからだ。するとウェイン侯爵が私に冷たい眼差しを向けてくる。

「今ラムダが言ったこと以外にも、このブラウンは色々な犯罪に手を染めている。それも含めて話してやるから大人しく来てもらおう」

　そして、私とサジウス、倒れているブラウンは、ウェイン侯爵達によって逃げられないように縛られた後、謁見の間に連れていかれたのだ……が、中に入るなり私はすぐに驚いてしまう。なぜならそこには四大公爵家の当主達と、逃げ回っていたはずのエイデンがいたから。私に気づくなり心底蔑んだ目を向け。

「堕ちるところまで堕ちたな。兄上……いや、愚王フェルト！」

　更にはそう言ってエイデンは何かを私の足元に投げてくる。私はすぐにそれが何かわかった。なぜなら、足元に落ちたものは忘れもしない、あの断罪の日に悪女バイオレットを追い詰めた証拠品――毒薬の入った小瓶だったから。

「この毒薬の入った小瓶がなんだと言うのだ？　まさか飲めと言うのではないだろうな……」

　私が冷や汗を垂らしながら聞くと、エイデンは顔を顰め、四大公爵家の一人、ドルフ・ベルマンド公爵は心底冷え切った目で私を見てきた。

「……そんな楽はさせんよ。それより、それがどういうものなのかを理解しているということは一年以上前の卒業パーティーも覚えているな？」

ベルマンド公爵の問いに、私は当然だとばかりに頷く。何せあの日は正義が執行された記念すべき日でもあるからだ。

「当たり前だ。だから、なんなのだ？　まさか、あの日、自分が先頭に立って馬鹿な孫娘——バイオレットを断罪したかったとか言うつもりではないよな？」

そう聞くとベルマンド公爵は私を射殺さんばかりに睨みつけ、そのまま突進してこようとした。しかし、トーマス・メリエール公爵がすぐさまベルマンド公爵の肩を掴み頭を振った。

「まだ駄目だ。それに我らにはそれをする資格がない」

「ぐぬうっ……」

ベルマンド公爵は血が滴るほど拳を握りしめながら下がる。メリエール公爵が悲しげに私を見てきた。

「……最初は我らも信じてしまった。バイオレット・サマーリア公爵令嬢はミーア・アバズン男爵令嬢を敵視し、数々の嫌がらせをして、ついには毒薬を盛ったという証言をな。だが、エイデン様が他国交流から戻ってくるなり言ってきたのだよ。彼女はそういうことをする人物ではないと……」

「ふん、実際に証言が出ているのに何を言っているんだ？」

　私が思わず失笑すると、エイデンが私を睨みつけてきた。

「……サマーリア公爵令嬢は誰よりもノブレスオブリージュを重んじる貴族だ。だから、僕はおかしいと思い調べ上げたよ。確かに当時のサマーリア公爵令嬢は相当ヒステリックになっていたようだが、彼女はやっていない」

「つまり証言は嘘と？　馬鹿か……ちなみに聞いてやるが証拠はあるのか？」

「あの日、証言した生徒が全員嘘だと認めた。親とそいつに言わされたってな」

　エイデンはサジウスを指差す。サジウスは頭を振って笑みを浮かべた。

「何を馬鹿なことを……。私がそんなことをするわけないでしょう。きっと拷問にでもかけて無理矢理嘘の自白をさせたんでしょうよ」

　サジウスがそう言うと、エイデンはあっさり頷く。

「確かに拷問にかけたな。指を何本か斬り落としたら吐いたよ」

　エイデンがこともなげにそう言ってくるため、私もサジウスも驚き怯んでしまった。

　しかし、それで引くような私ではない。このロールアウト王国の国王である、私が賊如きには決して引いてはいけないからだ。

　それに、すぐに王宮の近衛騎士達が駆けつけてくるだろう。そうしたら、貴様ら全員処刑してやる。

私はそう考えながらエイデンを睨みつける。

「エイデン、そうやって証拠を捏造し無理矢理犯罪者に仕立て上げるつもりか。まったくここまで馬鹿な奴だったとはな。なるほど、四大公爵家もこいつの嘘に付き合わされたというわけか……」

呆れた口調で言ってやると、エイデンは馬鹿にするような目で私を見て溜め息を吐いた。

「はあっ。勝手に思い込んで決めつけるのは相変わらずだな。ほら、こいつを見てみろ」

エイデンは私にある紙を見せてくる。

「……これは」

エイデンが見せてきたのは、サマーリア公爵とその夫人、そしてグレイスという侍女の体内から禁止毒物が見つかったと書いてある王国の刻印が入った死体検案書だった。しかもその禁止毒物は、バイオレットがミーア、そしてネオンハート王国の王太子に盛ったものと同じ。

「確かサマーリア公爵達は流行り病で亡くなったと……」

私はそう呟き、サジウスを見る。するとサジウスは笑みを浮かべて首を横に振った。

「騙されてはいけません。それは偽造したものですよ」

「し、しかし……」

死体検案書を作成した者の名前を確認すると、そこには私が信頼する主治医の名前が書いてあった。更に、エイデンが蔑んだ目で見つめてくる。

「書いた者を疑うなら後で本人に聞けばいい。それに他にもたくさんの証拠があるぞ」

そう言ってエイデンは、サジウスの筆跡で書かれた毒薬の使い方のメモや、サマーリア公爵夫妻の殺害計画を見せてきたのだ。

「サジウス・サマーリアの部屋に隠してあったよ。そして、このネオンハート王太子殿下の毒殺計画も。パーティー会場での役割を担っていた者達の名前が書いてある。見てみろ」

エイデンはそう言って私の顔の前に紙を突きつけてくる。嫌でも目に入ってくるその名前に、愕然とした。

「サジウス、ブラウン、ミネルバ……。嘘だろ……」

「嘘じゃない。ちなみに毒薬はミネルバが商人を使い国内に持ち込んだんだ。証言できる奴もいるぞ。それでも、そいつの言葉を信じるのか？」

その問いかけに私は答えることができなかった。

もし、毒薬をネオンハート王太子殿下に盛ったのがバイオレットじゃなくサジウス達だったら、私はとんでもないことをしたことになる。しかも、これが本当ならミーアの毒殺未遂の件も怪しくなってしまう。ミーアが飲もうとしたグラスを取り上げて毒が入っていると騒いだのはほかでもないサジウスだったからだ。

「サジウス……」

私が震えながらゆっくりとサジウスの方を向くと、彼は不敵な笑みを返してくる。

「国王陛下、惑わされないでください。こいつらは嘘を吐いている。ブラウンのことだって、その筆跡のことだって、奴らが我々を陥れようとしているだけです。国王陛下、自分自身を信じてください」

「あっ」

私はハッとする。何せ思い出したから。卒業パーティーでのことを。するとみるみる自信が湧き起こってきた。

「そ、そうだな。私は間違ってなんかいない」

私が自信を持ってそう言うと、サジウスは笑みを浮かべて頷く。

「ええ、あなたは間違っていない。何せあなたはこのロールアウト王国の頂点に立つ国王陛下なのですから」

「ああ、そうだ！　私はこの国の王だ。だから、私の言葉は絶対だ！　ふう、危なく信じるところだった。助かったぞ、サジウス」

私が心からサジウスに礼を言うと、エイデンは私を見て大きく溜め息を吐いた。

「はあっ……。やっぱり駄目だったな。これだと父上と母上もお前の派閥の貴族に殺されたんだと言っても信じないだろうな……」

「ふん、当たり前だろう。彼らはこの国のために立派に尽くしているんだ。お前達とは違ってな」

「何を言っても無駄か……。なら仕方ない、立派な側近達が何をしたかその目で見させてやるよ」

エイデンはそう言うと、私の襟首を掴みバルコニーに引きずっていく。

そこで目にした光景に、私は驚いてしまった。

王都の至るところから、煙や火の手が上がっている。

「なっ、どういうことだ⁉」

「ロールアウト王国の民が限界にきて反乱を起こしたんだよ。おかげで王宮に簡単に入ることができた」

「ふざけるな！　お前達が民を唆（そそのか）したんだろう！」

　私はエイデンを睨みつける。しかしエイデンは、呆れた表情で首を横に振った。

「違う。お前達が民から大量に税をむしり取り、くだらないものを買うために金を湯水のように使いまくるから、彼らは日々食べるものも手に入れられなくなってしまったんだ。つまり、お前達が原因で起きた反乱なんだよ」

「……そんな馬鹿な。側近達は何も問題ないと言っていたぞ⁉」

「お前達の生活だけはな。いいか、お前の側近達は平民のことを金を作り出す道具だとしか思っていない。しかも使い捨てのな」

　エイデンはそう言った後、私の髪を鷲掴(わしづか)みにして今度は謁見の間に引きずって戻っていく。

「い、痛い！　離せ！」

「無実の罪で裁かれて死んだ者達の痛みに比べれば、砂粒が当たったようなものだろう。それにこれから自分から死にたくなるような地獄を見るんだ。これぐらいで痛がってるんじゃない！」

　エイデンはそう怒鳴り、私の頬を殴りつける。おかげで一瞬、意識が飛び、気づくと天井を見上げていた。しかしすぐにエイデンが覗き込んでくる。

「お前を正直、この場で殺してやりたいが皆との約束だからな。それに最後に自分の子の顔ぐらいは見せてやるよ」

「……私の子」

そう呟いた時、謁見の間に主治医が入ってきて私に言った。

「陛下、無事に生まれました……」

「生まれた？　ついに生まれたのか！」

私は今の状況をすっかり忘れて思わず喜んでしまう。しかし、主治医はそんな私を憐れんだ目で見ながら言ったのだ。

「はい。ただ……陛下はご覧にならない方が……」

「なんだ？　何かあったのか？」

「そ、それは……」

主治医が言い淀んでいると、赤子らしきものを抱いたコーラック公爵夫人がやってきた。そして、私を主治医と同じように憐れんだ目で見る。

「……最後ぐらい見せてあげましょう」

そう言って私に赤子の顔を見せてくる。身を乗り出した私は、赤子の顔を見て絶句してしまった。

「赤い髪……」

私の髪色は薄緑、ミーアは桃色だ。そのどちらかの髪色の子が生まれると思っていたので、目の前の光景に理解が追いつかない。そんな私に、コーラック公爵夫人は心底呆れた表情で言ってくる。

「結婚後の初夜の重要性は王太子教育でも習ったでしょうに……」

「で、でも、ミーアの初めては私だった。だから……」

「その後に関係を持ったのでしょう。あの者と……」

私の言葉を遮り、コーラック公爵夫人はある方向を見る。私がハッとして振り向くと、そこにはいつの間にか目を覚ましていたブラウンが赤子を見て、満面の笑みを浮かべていたのだ。それで私は理解してしまう。

「ブラウン、まさかお前なのか？」

ブラウンは私の問いに答える素振りもなく、赤子を見続ける。そして、嬉しそうに言う。

「……ミーアはやはり俺を選んでくれたんだね」

「なっ⁉」

私はブラウンの言葉に固まってしまう。何せ、ブラウンはミーアに惚れてはいたものの、二人の関係は、ただの友人だと思っていたからだ。それにミーア自身もブラウンのことは友人だって言っていた。だから、二人きりにしても問題ないと思っていたのだ。ミーアと私は真実の愛で結ばれているから、誰にも入り込む余地はないと。

「だが、嘘だったのか……」

あまりのショックに言葉を詰まらせていると、コーラック公爵夫人が馬鹿にしたように言ってくる。

「こういうことが起こるから、貴族は結婚まで異性との距離を適切に保つんですよ。まあ、王太子教育を蔑ろにしていたあなたにとっては自業自得ですがね」

「……くっ」

何も言い返せずにいると、ブラウンが惚けた表情で呟く。

「俺達こそ真実の愛で結ばれていた。やっぱりこの思いは間違っていなかった」

「ブラウン……」

もう色々な感情が渦巻き、そう呟くことしかできなかった。すると、サジウスが這うようにして赤子を見た後、絶望の表情を浮かべる。

「そんな……、私こそが本当の真実の愛で結ばれた相手ではなかったのか……」

サジウスが呟き項垂れる。私は驚愕の眼差しをサジウスに向けた。

「サジウス、お前何を言っている？」

しかし、私の言葉に答えたのはサジウスではなく、コーラック公爵夫人だった。

「その男もあの娼婦と関係を持っていたみたいね。まったく、これだとあの娼婦はまだたくさんの人物と関係を持っていそうだわ。そんな者が一時とはいえこのロールアウト王国の王妃になっていたなんて吐き気がするわね」

コーラック公爵夫人が顔を顰めてそう言うと、エイデンが私を睨みながら口を開いた。

「何度も身辺を調べろと言ったのに、お前は頑なに聞かなかった。これがその結果だ。そろそろ、現実を見ろ」

「……現実」

そう呟いた瞬間、バイオレットの顔が浮かび上がった。

バイオレットはずっと私に訴えていた。今思えば全部正しいことを言っていた。そして最後にミネルバに取り押さえられながら「殿下は騙されているんです！　現実をしっかり見てください！」と叫んだのだ。

やっと理解したよ。友人だと言ってくれたことも、愛しているのは私だけだと言ってくれたことも、全て嘘だったんだ……。

私はゆっくりとエイデンを見る。

「……お前達が言ったことは全部、本当なんだな」

「ああ、これから嫌というぐらいわかる」

「そうか……」

エイデンの言葉を聞き、項垂れる。すると、謁見の間に目元を長い黒髪で隠し、鎧を着た男が入ってきた。

「どうやら、もう済んだみたいですね」

更にはその男はそう言うと、私に声をかけてくる。

「もっと早く挨拶しようとしたんだが、王宮内の騎士団やあなたの側近を叩きのめすのに時間がかかりましてね。私はアルダム・ネオンハート。ネオンハート王国の王太子だ」

「ネオンハート王国の王太子？　確か王太子は死んだはずでは……」

私が思わずそう口走ると、目の前の男は肩をすくめて頭を振る。

「あれは私の部下でね。事情があり私のふりをしてくれていたんだよ。ちなみに私からあなた宛に手紙を何回か送ったのだが届いているかな？」

「……私は知らない」

「まあ、そうだと思ったよ。道化の王は仕事をせずにただ遊んでいればいいわけだからな」

「くっ……」

もう何も言い返せなかった。そんな私を一瞥した後、ネオンハート王国の王太子はエイデンに声をかける。

「それで、これからどうします？」

「今回の件に関わった者は全員、王都の広場に立たせて、罪状を伝えた後に石打ちの刑にするつもりです」

「民の怒りを聞けるし、いい判断ですね。では、後はお任せしますよ」

「はい。それで、お礼ですが、本当にそれだけでよろしいのですか？」

「ええ、これが欲しくてここに来たのですから」

ネオンハート王国の王太子は我が国の国宝でもあるクロノスの杖を軽く振って答える。

それを見た私は、父上から昔聞いた話を思い出した。

「時を遡る力がある杖……」

私が呟くとネオンハート王国の王太子がこちらに近づき、私にしか聞こえない小声で言ってきた。

「よく知ってるね。ちなみにこれは元々、我が国のものだったんだよ」

「……それを取り戻してどうする気だ。それにはそんな力はないし、そもそも時を遡るなんてあり得ないだろう」

「あり得るんだよ。本来の所有者であるネオンハート王国の王族ならこの力を引き出し、時を遡れる」

「遡れる……」

ネオンハート王国の王太子の言葉を聞いた瞬間、ある考えが思い浮んだ。それはこの男に過去の自分達を注意してもらうという案だ。

私達に……いや、私にだけでも注意して間違いに気づかせてくれれば……

そう思ったが、自分がバイオレットに散々注意されても聞き入れなかったことを思い出す。それなのに、ネオンハート王国の王太子が時を遡って自分に注意してくれたとして、私は話を聞くのだろうかと……

すると私の心を読んだのか、ネオンハート王国の王太子が言ってきた。

「あなたは自分が追い込まれるまで決して自分の考えを変えられないよ。絶対にね」

「そ、それじゃあ、また、私は同じことをしてしまうではないか！」

「大丈夫だよ。次はこうなる前に終わらせるから」

ネオンハート王国の王太子の言葉に、私はホッとする。きっと何か良い方法を考えてくれるのだろう。

そう思いネオンハート王国の王太子を見ると、彼は笑みを浮かべ指で首を掻っ切る仕草をした。

一瞬、意味がわからなかった。しかし、段々と理解し、ついにはバイオレットの首が落ちる瞬間を思い出してしまう。その瞬間、私は恐怖に襲われた。

「嫌だ！　頼むから私の目を覚ましてくれっ！」

私は必死に叫ぶが、もうネオンハート王国の王太子は謁見の間から出ようとしていた。

しかも、代わりにウェイン侯爵が来て鞘で私の首筋を叩いてきたのである。

「うっ……嫌だ……」

おかげで私の意識は深い闇へと落ちていったのだった。

第二話　転生者未亞（みあ）

『バイオレット！　貴様の悪虐非道（あくぎゃくひどう）の行い、言語道断である！　よって、お前との婚約は破棄し、私は隣にいるミーア・アバズン男爵令嬢を婚約者とする！』

ヒロイン、ミーアの隣で『真実の愛に目覚めて、永遠に君と』のヒーローの一人で、このゲームの舞台、ロールアウト王国の第一王子殿下でもあるフェルト・ロールアウトが悪役令嬢バイオレット・サマーリアを指差しながら宣言する。

その瞬間、あたしは思わず心の中でガッツポーズをした。

だって、ここまでいけばハッピーエンド確定。しかも、ただのハッピーエンドじゃないからだ。

あたしはミーアの少し後ろに立っている二人組を見て笑みを浮かべる。

サマーリア公爵家の嫡子であり、悪役令嬢の兄でもあるサジウス、そして伯爵家の二男のブラウン。そう、あたしは更に二人のヒーローとも真実の愛に達し、無事にハーレムエンドのルートに入ったのだ。

本当は隠しキャラも攻略したかったけど、やっぱりハーレムルートに入れるのは難しかったんだよね。まあ、別に推しじゃなかったし、いいか。

あたしは口元を緩ませながら、フェルトに抱きしめられる健気なヒロイン、ミーアを見つめる。そんなミーアを悪役令嬢が睨んでいたため、思わず笑ってしまった。

「ご苦労様ー！　悪役令嬢はさっさと退場してねえ！　きひひひっ！」

画面を見ながら腹を抱えて笑っていると、突然、後ろから怒鳴り声が聞こえてきた。

更に部屋の扉が叩かれ、「未亜、いつまで引きこもっているつもりだ！」と。

まあ、「うるさい！　うるさい！　うるさい！」と、あたしが何度も扉を蹴り続けると、向こう側にいた奴は溜め息を吐きながら去っていったが。いや、どうせしばらくしたらまた来るだろう。こんなくだらない世の中に産んだ存在が。

「はあっ……はあっ……なんで、こんな世界に……きっと、生まれた場所を間違えたのよ。だから、何をやっても上手くいかないのよね」

そう言いながら画面を見て、あたしは笑みを浮かべる。

「そうよ、きっとゲームの中ならあたしは何をやっても上手くいくはず。だって、こうやってハッピーエンドにいけるんだしね。きひひひひっ！」

ゲームの世界に自分がいたら、ミーアみたいに全てが上手くいって幸せになれると。

そんなことを思いながらしばらく笑っていると、急に胸に強い痛みが走った。

「……うぐっ⁉」

あまりの痛さに胸を押さえるが、痛みはどんどん強くなり、やがて息もできなくなってくる。あたしは助けを呼ぼうと必死に這っていき扉を激しく叩く。

「た、たすけてっ……」

しかし誰も来る気配はない。そんな絶望漂う状況下で、次第に意識まで朦朧としてくる。

死にたくないよ……誰かあたしを助けてよ……

薄れゆく意識の中で、あたしは扉を叩きながら祈り続ける。

だが、その祈りは誰にも届くことはなかった。そしてついに視界は暗転し、この世界からあたしの存在は消えていったのだった。

「バイオレット！　貴様の悪虐非道の行い、言語道断である！　よって、お前との婚約は破棄し、私は隣にいるミーア・アバズン男爵令嬢を婚約者とする！」

あたしの隣で、フェルトが悪役令嬢バイオレットを指差しながら高らかに宣言する。

そして後ろにはサジウスにブラウンまでいて、悪役令嬢を睨んでいた。

そんな光景を見てあたしは内心飛び跳ねたい気持ちに駆られてしまう。

それはそうだろう。何せハッピーエンドルートが確定したからだ。

しかも、三人のハーレムエンドルート！　これで確信した！　やっぱり間違ってたのよ！　あたしの生まれる場所はあっちじゃなくて、この『真実の愛に目覚めて、永遠に君と』のゲームの世界だったのね！

あたしが嬉しさに震えていると、優しげな表情でフェルトが声をかけてくる。

「怖かったのかい？　大丈夫だよミーア。私達が絶対に守るから」

後ろにいたサジウスとブラウンも前に出てきて、悪役令嬢からあたしを守るように立つ。

「安心しろミーア、あいつには何もさせない」

「ああ、何があろうと俺達がミーアを助けるからな」

「み、皆……ありがとう」

あたしは震えながら三人にそう言うと、すぐにフェルトの背中に隠れる。

ちゃんと怖がってる演技はしないとね。

そう思いながらあたしは睨みつけてくる悪役令嬢に心の中で言ってやった。

ご苦労様ーー！　悪役令嬢はさっさと退場してねえ！

そして悪役令嬢は無事に断罪され、あたしはハーレムエンドを迎え、更にはあの後、王家の計らいであたしはあのクソつまらない男爵家から王宮に引っ越しをし、優雅な生活を送り始めたのだった。

バイオレット処刑の日より一週間後。

楽しいっ！　楽しいっ！　楽しいよおっ！

王宮の自室の鏡の前で、あたしは何度も回り続ける。だってドレスや宝石が好きなだけ買ってもらえるのだ。そして命令すれば使用人がなんでもやってくれる。これが楽しくないなんてこと、絶対にないだろう。

しかも、イケメン三人ゲットだしね！　優しいフェルトに知的なサジウス、野性的なブラウン！　でも、もうフェルトの婚約者だから、サジウスとブラウンとは気をつけて会わないといけないなあ……

そんなことを考えながら次のドレスを手に取っていると、使用人の女が扉をノックし、入ってきた。

あたしは顔を顰（しか）めてしまう。この使用人の女が何を言うか、わかっているからだ。

すると、案の定、使用人の女はあたしが予想していたとおりのことを言ってきた。

「アバズン男爵令嬢、そろそろお妃教育の時間になります」

あたしは内心、舌打ちする。しかし、すぐに額を押さえる。

「……あたし、今体調が悪いんだあ。今日は無理って言っといてー」

すると使用人の女は目を閉じ、なぜか震えていたがしばらくして頭を下げてきた。

「……わかりました。そう伝えておきます」

そう言って去っていく使用人の背中に、あたしは舌を出す。

テーブルマナー、ダンスレッスン、外国語教育、歴史……バッカじゃないの⁉　あんな面倒なのやるわけないじゃん！　あたしはイケメンにドレスや宝石を買ってもらったり可愛がられるだけでいいのよ！

「だってあたしはこの世界のヒロインなんだもんね」

そう呟くと、あたしは指にはめた豪華な指輪を手に取り掲げる。それから周りに置かれたドレスや装飾品を眺め、笑みを浮かべた。

「きひひっ、ハッピーエンドルートって最高！」

あたしはそう叫び、ソファの上で飛び跳ねようとしたが、すぐに座り直した。誰かがまた来たからだ。

「ちっ！　誰よ？」

舌打ちした後、調子が悪そうなふりをする。すると、フェルトが心配そうな表情で入ってきた。

「ミーア、先ほど侍女から聞いたんだが、体調が悪いんだって？」

そう聞いてくるフェルトについ顔がニヤけそうになるが、あたしは必死に調子が悪そうにしながら答える。

「う、うん、ちょっと学院で虐められたことを思い出して……でも、フェルトの顔を見たらミーア元気になったよ！」

「ミーア……」

フェルトは嬉しそうにあたしを抱きしめ、頭を撫でてくる。

——フェルト・ロールアウト。ロールアウト王国の第一王子である彼は頼られたいという願望が強いため、彼の前で弱さを見せたり、フェルトがやることを褒めたりすると好感度が上がる設定である。正直、好感度を上げるのはとても簡単だが、悪役令嬢とのイベントを卒業パーティーまでに七つ以上発生させ、悪役令嬢の評判を大きく落とさないとハッピーエンドにならない。

まあ、このゲームをやり込んだあたしにとっては、イージーモードみたいなものだったけどねー。

フェルトの格好いい顔を見ているうちに、あるアイデアを思いついた。

そうだ、フェルトに頼んでお妃教育なんてなしにしてもらおっと！　きっとフェルトならできるもんね！

あたしはそう判断して口を開く。

「……あのね、相談したいことがあるの」

「なんだいミーア？」

「ミーア、お妃教育っていらないと思うの」

若干、泣きそうな表情を作りながら言うと、フェルトは驚いてあたしを見てくる。

「ど、どうしてだい？　お妃教育は将来、王妃になるためには必要な教育なんだよ？」

そう言ってくるフェルトに、あたしは思いっきり頭を振った。

「違うよ！　だって、それでバイオレットさんみたいな人が生まれたんじゃない！　もし、お妃教育を受けてなければ、きっとバイオレットさんだってサジウスみたいにいい人になってたよ！」

あたしはこの世界に転生してから必死に覚えた、すぐに涙を流せる技を使い、そう訴える。するとフェルトはハッとした表情になった。

「……確かにそうかもしれないな。バイオレットだって最初はあんな風じゃなかった」

フェルトが納得したようなので、更にあたしは駄目押しをする。

「昔は必要だったとしても、今はもう古い考えなんだよ。難しいことは優秀な人が代わりにやればいいとミーアは思うの」

「……適材適所ってやつか。確かにミーアの言うとおりかもな。私も王太子教育には色々と思うところはあったからね。しかし、まさかミーアが私と同じような考えを持っていたなんてね。いや、私以上に考えていたなんて、やはりミーアこそ私の隣に立つ女性だ」

フェルトはそう言ってあたしに微笑んでくる。その瞬間、内心ガッツポーズをした。

よし！　これでお妃教育はやらなくて済みそう！　やっぱりなんでも聞いてくれる王子様って最高よねー！

あたしはフェルトに抱きつく。そしてしばらく二人で将来について話し合っていたら、フェルトが思い出したように立ち上がった。

「そうだ、父上に呼び出しを受けていたんだ。すまない、ちょっと行ってくる。戻ったら街にドレスを見に行こう」

フェルトがそう言って微笑んできたので、あたしは思わず飛び跳ねてしまう。

「やったー！　フェルト大好き！」

「ミーア……」

フェルトは呟くと優しくあたしの髪を撫で、おでこにキスをする。それから唇にも。

そしてしばらくすると切なそうに顔を離して言った。

「……すぐに戻ってくるから、いい子にして待っているんだよ」

「うん!」

あたしが元気良く返事をして手を軽く振ると、フェルトは名残惜しそうにしながら去っていった。


「はあっ、幸せーー!」

勢いよくベッドに倒れ込み、先ほどのことを思い出しながらニヤけていると、扉をノックする音とサジウスの声が聞こえてきた。

「ミーア、今さっきフェルト様から体調が悪かったと聞いたが、本当に大丈夫なのか?」

「あっ、サジウス!」

あたしが扉を開けると、サジウスが顔を覗き込んでくる。もの凄く心配そうな顔で。

まあ、あたしが笑顔でキスしてあげると一瞬驚いた表情をした後、嬉しそうに優しく抱きしめてくれたけど。

「ミーア、心配したけど大丈夫そうだな」

「……ちょっと嫌なことを思い出して体調が悪くなったの。でも、フェルトと、それに何よりサジウスが来てくれたからもう大丈夫だよ！」

更にはそう言って微笑むと、今度は力強く抱きしめてきて。そんなサジウスの腕の中で、あたしはニヤニヤしながら幸せを実感する。

ああ、サジウスにも手を出して良かったー！

――サジウス・サマーリア。サマーリア公爵家の嫡子だが、妹の悪役令嬢バイオレットに密かに劣等感を抱いている。しかも周りと距離をとる性格のため、常に孤独を感じているのだ。だから、ヒロインが側にいて理解者であることをアピールしていけば好感度が上がる設定なのである。

まあ、最初がちょっと大変だけど、あたしにとっては余裕だったからね。

そうだ、サジウスに会ったんだからブラウンのところにも行ってあげないと。だってあたしは三人のヒロインだから均等に会ってあげないといけないんだもんね！

あたしはそう判断すると、しばらくサジウスの温もりを楽しんだ後に顔を上げた。

「サジウス、ありがとう！　おかげでミーア元気が出たよ！」

「それは良かった。ミーアのためならなんだってするからな」

サジウスは嬉しそうに言って優しく頬にキスをしてくれる。おかげでいつまでもこうしていたい気分になってしまうが、あたしは我慢してサジウスに質問する。

「そうだ、後でフェルトと一緒に街に行くのをサジウスは知ってる？」

「ああ、さっきフェルト様から聞いたよ」

「じゃあ、サジウスも準備してきてよ！　ミーアはブラウンに声をかけてくるね！」

あたしがそう言うと、サジウスは笑顔で頷く。

「ふふ、ミーアはやっぱり優しいな。わかった、すぐに用意してくるよ」

サジウスが去っていったので、あたしはすぐにブラウンのいる場所に向かった。


「ブラウン！」

王宮の中庭で剣を必死に振っているブラウンに声をかけると、彼は笑顔であたしに駆け寄ってきた。

「ミーア、どうしたんだ？」

「ふふ、どうしたってブラウンに会いに来たんだよー」

あたしがそう言って笑うと、ブラウンは感極まった表情であたしに向かって両手を広げる。しかしすぐに手を下ろし残念そうに頭を振った。

「ごめん、今は汗臭いから抱きしめてやれないや。それにここだとさすがにまずいよな……」

ブラウンは周りを見ながら頬をかく。そのため、あたしはブラウンの手を掴んで茂みに入っていき、思いっきり抱きついたのだ。

「ここならバレないよ」

「ミーア……」

驚いた表情をするブラウンだったが、すぐにあたしにキスをしてきた。そしてしばらくすると顔を少し離し囁いてくる。

「ミーア、愛してる」

「ミーアもブラウンを愛してる。でも……」

あたしが悲しげに俯くと、顎に指をかけられて持ち上げられる。

「わかってるから顔を上げて。ミーアは笑ってるのが一番なんだ」

「ブラウン、ありがとう！」

ブラウンが望むように笑うと、ブラウンも笑い始める。そして、あたし達はしばらく二人して笑い合った。

やっぱり、ブラウンは最高よね。

——ブラウン・カイエス。カイエス伯爵家の二男で自由を好むが、親が敷いたレールを歩かなくてはならないという不満を抱えている。だから、ヒロインが街に連れ出したりしてブラウンがやりたいことを引き出してあげると好感度が上がっていく設定なのだ。

ただし、ある程度好感度を上げるまで、ミネルバと婚約者にバレないように行動しなきゃいけないのよね。ほんとフェルトとサジウスを攻略しながらやるのは骨が折れたわ。

まあ、でも……

あたしはブラウンを見つめる。実を言うと一番の推しはこのブラウンなのだが、やはり贅沢ができる王妃というポジションはどうしても譲れなかったのだ。

それにフェルト、サジウス、ブラウンの三人の好感度をマックスまで上げるとスペシャルイベントが発生する。

それこそが、悪役令嬢バイオレットの処刑なのである。

ヒーロー一人とのハッピーエンドだと、バイオレットは貴族籍から抜かれて修道院入りか国外追放になるけど……。やっぱり全てを持ってる奴が一番下まで堕ちていくのを見るのって最高に楽しいもんね！　きひひひひっ！

あたしは悪役令嬢が処刑されたあの日を思い出す。

正直、泣き叫んで許しを乞うかと思っていたのでがっかりしたが、全てを失った悪役令嬢を上から見る光景は堪らなかった。

あんな汚ったない布切れが最後に着るもんなんて可哀想よねー。あの時、どんな気持ちだったのかなあ。まあ、あたしには一生縁がないから知る必要ないか。それより！

あたしはブラウンに抱きつきながら言った。

「ブラウン、これから街にドレスを買いに行くの。ブラウンももちろん来るよね！」

「ああ、もちろんだ。何せミーアは俺が守るんだからな」

そう言ってブラウンは優しくキスをしてくる。その瞬間、あたしは本当にハッピーエンドを迎えたのだと改めて実感するのだった。

そしてこんな幸せな日々を楽しんでいたあたしに、更に幸せになるような知らせが届いた。なんとフェルトの両親が事故で亡くなったのである。つまりはあたしがこのロールアウト王国の王妃になるのだ。

確信したわ。ヒロインである、あたしの選択でどんどんいい方向にいっている。だから、間違いなくこの世界はあたしのためにあるんだ。

玉座に座るフェルトや跪くサジウス、ブラウンを見つめて、あたしはそう思う。そして先ほどやった盛大なパレードを思い出し、笑みを浮かべた。

なら、これからもっと楽しまなきゃ。だってこの世界はあたしの世界……つまり、何をやったっていい世界なんだもんね。だからあ……
あたしは謁見の間の入り口にいる格好いい騎士を見て、舌舐めずりする。それから
パレード中に見たお店に飾られているドレスや宝石類を思い出し、口元を緩ませるのだった。

バイオレット処刑の日より一年後。

王妃の座についた直後、あたしは体調が悪くなった。しかし、それは妊娠していたからだったのだ。

あーあ、これは誤算だったなあ……

あたしは自分の大きくなったお腹を見て溜め息を吐く。本当はもっとドレスや宝石を買ったり、イケメン達と遊んだりしていたかった。しかし、臨月が近づくにつれて動くのがきつくなり、周りも安静にしろとうるさい。おかげであたしは日々ストレスが溜まりまくっていた。

「絶対、産んだ後は遊びまくってやる。そうだ、今まで以上に豪華なことやってみようかな。だって、あたしはこの国の王妃様でお金はいっぱいあるんだしね。きひひひっ」

出産後に何をしようかとニヤつきながら考えていたら、急にお腹に違和感が出始めた。

すぐに主治医を呼ぶと「念のため、出産の準備を」と指示し始める。これで、また買い物やイケメン達と遊べる楽しい日々が戻ってくる。

ああ、早く出てきてよ。そしてあたしをまたあの幸せな日々に帰してよね。

大きくなったお腹を睨みながらそう思っていると、急にお腹に激痛が走った。

「ぎゃあああっーー！　痛い！」

「陣痛が始まったようだ。皆、準備をしなさい」

主治医はそう言ってあたしを横にさせると力めとか色々と言ってくる。しかし、激しい痛みでそれどころじゃないのに、言われたとおりになんてできるわけない。しかも、あまりの痛みに徐々に意識が朦朧としてくる。そして、ついにあたしは気を失ってしまったのだ。

「あら、起きたみたいね……」

目を覚ますと、知らない女が側にいて声をかけてきた。正直、話し方が悪役令嬢に似ていたのでイラッとし、あたしは軽く顔を上げて睨みつけてしまう。

「誰よ、あんた？」

そう聞くと、女は呆れた口調で答えてくる。

「はあっ。こんなのがロールアウト王国の王妃だなんて本当にこの国始まって以来の恥ね。仕方ないけど名乗ってあげるわ。私はコーラック公爵の妻エミレイ、元お妃教育担当よ」

そう言って馬鹿にした目で見てくるため、あたしは思わず、こいつを叩いてやろうとする。起き上がった拍子に激痛に襲われ、それどころではなくなってしまうが。

「いたーいっ！　なんなのよぉー！」

あまりの痛みに叫びながら痛む場所を見ると、お腹に血が滲(にじ)んだ包帯が巻かれていて、ギョッとした。

「な、何よこれ⁉　なんでお腹に包帯が巻かれてるのよ⁉　しかも血があっ⁉」

あたしがパニックになって痛むお腹を触ろうとすると、ムカつく女が言ってきた。

「やめときなさい。傷口が広がるわよ」

「傷口？　な、何したのよ！」

「何って、出産に耐えられなかったみたいだから、お腹を切って赤子を取り出したのよ。ちなみに赤子は元気よ」

そう言ってムカつく女は、離れた場所にある籠を見つめる。しかし、あたしはそれどころではなかった。

お腹を切った？　この国の王妃であるあたしの綺麗な肌を切ったっていうの……

　思わずもう一度お腹を見る。そしてムカつく女が言ったことが本当なのだとわかると、怒りが込み上げてきた。

「……ふざけんな。あたしは王妃よ。なんでお腹を切られなきゃならないのよ」

　そう呟き、歯の隙間から血が出るほど歯軋りしていると、ムカつく女が冷めた目であたしを見た。

「お腹を切らなきゃ、赤子の命が危なかったからよ。それとも赤子は助ける必要はなかったって言いたいのかしら？」

　そう聞いてくるムカつく女をあたしは睨みつける。

「そんなのあたしが最優先されるのは当然よ！　あたしの世界に住んでいながらそんなこともわからないなんて、あんたばっかじゃないの！」

　あたしが当然のことを言うと、ムカつく女は、なぜか凄い怖い表情で睨んできた挙句、あたしの頬を思いっきり引っ叩いたのだ。今まで誰かに叩かれたことなどなかったあたしは、呆然とする。

　するとその様子を見たムカつく女は溜め息を吐いた。

「まったく、王家もとんでもない女を迎え入れたものね。だから、私は定期的にこれを調べろと言ったのよ」

ムカつく女は、離れた場所で頭を抱えて座り込んでいる主治医と使用人達を睨みながらそう言う。そして、今度は籠を覗き込んだ。

「予想どおりすぎて笑う気も起きないわね。さてと、どうしようかしら。このままだときっと民に殺されてしまうでしょうから、やはりどこかの修道院ってところかしらね」

ムカつく女はそう言うと、近くにあった鈴を鳴らす。すると見たことのない紋章が入ったマントを羽織った騎士達が入ってきた。

「終わりましたか？」

騎士の一人がそう聞くと、ムカつく女は頷く。

「ええ、なので、あれを独房に運んでおいて」

「はっ！」

騎士は敬礼すると、あたしの方に来て言った。

「貴様には数えきれないほどの罪がある。よってこれより拘束する」

「はっ⁉」

あたしは騎士の言葉に驚いてしまう。だってあたしは罪なんて一つも犯してないからだ。

「ふざけないでよ！　あたしは王妃だから何やったたっていいの！　それに、あたしはこの世界にとって絶対なのよ！　そんなあたしを拘束するなんて許されないのよ！」

あまりにもふざけたことを言ってくる騎士にあたしは怒りがおさまらず、近くにあった物を投げつけながらそう叫ぶ。しかし、騎士は避けることもせずにあたしの側に来ると、髪を鷲掴みにしてきた。

「……貴様はその考えでたくさんの民を苦しめたのか。やはり許せん！」

騎士は怒りの形相で剣を抜き、振り上げる。しかし、すぐにムカつく女が騎士の手を扇で叩いた。

「やめなさい。あなた達にその権利はないわ」

そう言ってムカつく女が首を横に振ると、騎士は悔しそうにしながら剣を鞘にしまい、髪を掴んでいた手も離す。そしてふらふらと後ろに下がり力なく膝をついた。

「確かに何も気づけなかった我らには権利はない。ならば、ずっとこいつらに疑問を持っていたコーラック公爵夫人、あなたなら……」

「いいえ……。私も同じようなものよ。疑問を持つだけじゃなく、しっかりと亡き両陛下に進言していたら、きっと彼女も……」

そう言ってムカつく女は俯く。しかし、すぐに頭を上げるとあたしを睨んだ。

「覚悟しておくことね。これからあなた達に苦しめられた者達の怒りをその身に受けることになるわ」

そう言うと、用は済んだとばかりにまだ頭を抱えている主治医の方に行ってしまう。

そして今度こそ騎士達があたしを取り囲んで押さえつけてきたのだ。もちろん、あたしは痛みを我慢しながら暴れた。

「ふざけんな！　あたしはこの世界のヒロインで王妃で絶対なのよ！　誰もあたしを傷つける権利なんてないのよ！」

しかし、もうあたしの声に誰も反応しなかった。しかも、騎士の一人があたしの口元に雑にハンカチを押し当ててきたのだ。

あたしは急に睡魔に襲われる。

何よ、こんなの聞いてない。なんであたしがこんな目に……

そう思った瞬間、あたしは理解した。

そうか、これはきっとあたしが知らない特殊イベントなのね。しかもゲームオーバーの……。まあ、いいや。どうせ、また最初からやればいいしね。そうだ、今度は隠しキャラも頑張って攻略しようかなあ。ああ、でも、やっぱりフェルト、サジウス、ブラウンかな。だって、悪役令嬢が処刑される瞬間をまた見たいもんねー。きひひひっ……

薄れゆく意識の中であたしはそう思い、口元を緩ませる。そして次に目を覚ました時には怒り狂った民衆の前にいるなんて露ほども思わず、深い眠りに落ちていくのだった。

†

ロールアウト王国の王都にある広場には、石を持てるだけ持った人がたくさん集まっていた。その人だかりはこの国の民で、自分達の生活を脅かした大罪人達に怒りをぶつけようとしていた。

大罪人達は広場の中心に集められ、逃げられないよう、地面に突き刺さった木の杭に体を繋がれていた。罪人達は皆、怯えた表情を浮かべている。そんな中、エイデン王弟殿下が罪状を長々と読み上げていき、最後にこう言ったのだ。

「お前達を王族・貴族名簿から抹消し、大罪人として何をしたかを歴史書に載せて未来永劫語り継ぐようにしよう。二度とこんなことが起こらないようにな……」

そう言うとエイデン王弟殿下は民の方に向き直り、深々と頭を下げ、去っていった。

それを合図に、広場内にはたくさんの怒号と悲鳴が響き渡る。それは三日三晩休むことなく続いた。そして、その後しばらくの間、大罪人達の死体は王都の外に晒されたのであった。

ロールアウト王国の歴史書より抜粋。

第三話　処刑された悪役令嬢は時を遡る

ロールアウト王国で行われた処刑を見届けた後、私――アルダム・ネオンハートはベルマンド公爵家の侍女ルリアの案内で、領地内にあるバイオレット・サマーリア公爵令嬢の墓の前に来ていた。

「あの、本当になさるのですか？」

早速、部下達に墓を掘り起こさせようとすると、ルリア嬢が不安そうな表情を浮かべて聞いてきた。

まあ、当然だろう。ルリア嬢には少し調べたいことがあるから遺体を掘り起こすとしか説明していないのだ。

「ああ、彼女の名誉を回復させるためでもあるんだ。それで、君はサマーリア公爵家に短い間だけどいたって聞いてね。サマーリア公爵令嬢はどういう人物だったのかな？」

「人にも自分にも、とても厳しい方でした。けれどもきちんと意味のある怒り方はされてましたね。だから、ご家族さえしっかりしていてお嬢様を支えられていたら、きっと立派な王妃様になられたかと思います」

「……そうか」

ルリア嬢の言葉に、私は一年以上前に見たサマーリア公爵令嬢の姿を思い出す。

私が見た時の彼女はルリア嬢が言うような感じではなく、あのアバズレ女を怒鳴り散らすヒステリック令嬢だった。

まあ、あの時の彼女はあのイカれた四人組やその仲間達によって四面楚歌状態だったから、相当余裕がなくなっていたのだろう。

どっちみち助けに行くわけだし、早めに見に行ってみるのもありか……

そう考えた後、あのアバズレ女を思い出す。

きっと、またサマーリア公爵令嬢を陥れるために無理矢理関わってくるだろう。

まあ、最悪は消してしまえばいいわけだが、そうなると、あの三馬鹿トリオが彼女に難癖をつけそうだな。

何せ、片目の力を使って二年近くの時を遡ったとしても、三馬鹿トリオは既にアバズレ女に夢中になっている可能性があるのだ。

というか、そもそもなんであんなアバズレ女なんかに夢中になるんだ？　どう考えたっておかしいだろうに……。まあ、世間を知ろうとしない馬鹿な貴族の見本のような奴らだったから、言葉巧みに騙されたのか、もしくは何かしらの大いなる力が働いていたのか……

私は、最後まで私にしか理解できない言葉を撒き散らしながら死んでいった同郷の転生者であろうミーア・アバズンを思い出す。

まったく神なんて碌なもんじゃないな。

そんなことを思いながら溜め息を吐いていると、彼女の墓を掘り起こし終わった部下達が声をかけてきた。

私は頷くと、宝具であるクロノスの杖を取り出し、棺の上に置く。

すると、しばらくして杖と棺がうっすらと光り出し、透けた姿のサマーリア公爵令嬢の姿が浮かび上がった。

それを見て私はホッとすると同時に、悲しい気持ちになってしまった。

何せこうやって宝具に応えて出てきたということは、彼女がこの世に相当の思いを残していた証拠だから。それが無念からくる思いなのは間違いなく。

私はそんな彼女に誓いを立てるように語りかける。

「レンゲルと共にサマーリア公爵令嬢、あなたも必ず助け出してみせます。だから、私に力を貸してほしい」

そう言いながらサマーリア公爵令嬢の手に軽く触れると、彼女の目がゆっくりと開き口角が上がった。そんな彼女に驚いていると、視界が一瞬で暗くなり、意識が飛んでしまったのだ。

†

目を開けると執務室だった。どうやら、長々と仕事をしているうちに寝てしまったらしい。

「まったく、これじゃあ、社畜だな……」

そう呟くと同時に執務室に紫色の髪をした子供が入ってきて、私を見るなり驚いた表情になった。

「寝ていたんですか？　珍しいですね」

「ちょっと頑張りすぎたらしいよ」

私がそう言って欠伸(あくび)をすると、呆れた表情を子供が向けてくる。

「やっぱり、俺が手伝った方がいいんじゃないですか？」

「さすがに十歳の子供に執政は任せられないよ。まあ、神童と言われている我が息子ならやってのけてしまいそうだが、頼んだらお前のお母さんに怒られてしまうからね。気持ちだけありがたく受け取っておくよ」

そう答えた後、執務室の窓からテラスを見ると、そこには美しい妻と二人の可愛らしい娘が寄り添って何かの本を楽しそうに読んでいた。その光景を見て私が頬を緩めていると、息子が一冊の絵本を私に見せてくる。

「この絵本を侍女長のルリアからもらったんですけど、主人公が母上だって本当ですか？」

「ああ、本当だよ」

私が頷くと、息子は途端に年相応の子供の表情になる。

「うわあ、父上はこの断罪シーンを見たんですか？」

「もちろん。聞きたいかい？」

私がそう聞くと、息子は黄金の瞳をキラキラさせながら何度も頷いてくる。

「聞きたいです！　母上に聞いたら顔を真っ赤にして父上に聞けって怒られちゃったんですよ」

「まあ、自分で自分の話をするのは恥ずかしいからね。それじゃあ、私が話してあげよう」

私はそう言って、かつて一人の男爵令嬢によっておかしくなった王子達を悪役令嬢が見事に断罪する物語を語り始めるのであった。

書き下ろし番外編

新たな時代へ

「こ、怖いわ！」

突然、卒業式にそう叫んだのは式辞を読む壇上に勝手に登った二人組の片方、オレンジ色の髪と瞳をした女子学生だった。

もちろん彼女がなぜそう叫んだのか私にはわからない。

何せ私、バイオレット・ネオンハートは今日、懇意にしている隣国バハラート王国内にあるテルマン侯爵家領地の、中流貴族が通う学園で行われている卒業式に呼ばれた招待客なだけだからだ。

まあ、ただし眼前に映る光景は過去、私が体験したことと似かよっていたので次に何が起きるのかを簡単に察することができたのだけれど。

壇上に登ったもう片方、緑色の髪と青色の瞳をした男子学生がある言葉を叫ぶんでしょうねと。

「この悪役令嬢め！　お前のことは絶対に許さない！」

ただし、ほらねとは言えず私は咄嗟に扇で口元を隠したが。もちろん下手な芝居につい笑いそうになってしまったから。頭を抱えているテルマン侯爵の近くで。

「ぐっ……な、何をやっているんだあの者達は。啓発本の内容は授業に取り入れているはずなのに」

「きっと授業を受けていないのでしょう。ほら、あの二人、貴族のマナーすら知らなそうですし」

私が再び視線を動かすと、ちょうど女子学生が男子学生に密着するところだった。

「あらあら」

「ぐぬうっ、アモン・サーティス伯爵令息。わしに恥をかかせるだけじゃなくネオンハート皇后陛下の御前で……」

「まあ、いいじゃないですかテルマン侯爵。あの者が大切な友好国であるバハラート王国の野に放たれる前に知ることができたのですから」

するとテルマン侯爵、そして隣に座る夫人は安堵した様子を向けてきた。

「あなた様にそうおっしゃっていただけるだけで私達は救われます」

「そうですわね」

「ふふふ、私の言葉で救われるならいくらでも言いますわ」

「ありがとうございます、ネオンハート皇后陛下。で、どういたしましょうか？　あの二人を捕まえてから卒業式を再会いたしますかね？」

「いいえ、少し彼女の様子を見たいです」

私は二人の対面に立つ男子学生に指を差された金髪、碧眼の女子学生に視線を向けた。

「ルナリア・ロージス伯爵令嬢ですか？」

「ロージス伯爵……なるほど、ずいぶん凛とした佇まいだと思ったら、騎士団長の娘さんだったのですね。これは面白くなりそう」

「面白くなりそうですか？」

「ええ、まあ、見ていればわかりますよ」

私がそう言うと同時にロージス伯爵令嬢がポケットから皮の手袋を出し、二人に投げつけたのだ。

「決闘をいたしましょう」

「はっ？　何を言ってるんだ！　俺の話を聞いてなかったのか！」

「聞いた上でそう判断したのですよ」

「な、な……」

「さあ、早くその手袋を拾いなさい。すぐに楽にしてあげますから」

「ふ、ふざけるな！　都合が悪くなったからって力でねじ伏せようとするなよ！」

「場をわきまえなさいサーティス伯爵令息。いいえ、ババラート王国の恥さらし」

「は、恥さらしだと！？　ふざけるなよ！　お前の方こそウーナの……」

「教科書を破いたとか水をかけたとかでしょう。はあ、ソツキ男爵令嬢の言ったことは全部嘘ですよ」

「はっ、ウーナが嘘を吐くはずないだろう！　こんなに優しい……」

「証人がいるのですよ」

「えっ……」

「たくさんの生徒、そして先生方がソツキ男爵令嬢が嘘を吐いているところを何度も見ているの」

　すると三人の側に駆け寄ってきた一人の先生が、顔を真っ赤にしながら口を開いたのだ。

「だから今日、この場所じゃなくて校長室に来いと言ったんだ。なのにサーティス！　貴様という男は！」

「いや、でも……」

サーティス伯爵令息は俯くソッキ男爵令嬢に視線を向ける。もちろん彼女が顔を上げることはないだろう。自分が思い描いていた状況と違うと混乱しているだろうから。

まあ、だからといって諦めてはいなそうだけれど。

私はそう思いながら口を開いた。

「テルマン侯爵、だいたいわかりましたからもう二人を拘束して牢へ入れて。あと、卒業式は中止してソッキ男爵令嬢を徹底的に尋問するように。自白剤を飲ませても構わないわ」

「はい、わかりました。ついでに周辺の人物からも詳しく聞き取りいたします」

「お願いするわ。今回の件が過去の模倣なのか、ソッキ男爵令嬢自身が主人公とやらなのか知りたいですから」

私はそう言うと、用事は済んだとばかりに席を立つ。

「ロージス伯爵令嬢、ついてきなさい」

そして、護衛と彼女を連れて静かに話ができる場所へと移動したのだった。

†

「お見苦しいところをお見せしました。ネオンハート皇后陛下」

「いいのよ。それより見事だったわね」

「いいえ、気づくのが遅すぎました」

「どうせ、向こうが狡賢く行動したのでしょう」

「……はい。私を避け続けて。なので周りの助力を得てなんとか」

「そう、で、あなたはこれからどうするの？」

「騎士か王宮での仕事を」

「それなら私が掛け合ってあげます……と言いたいところだけれどロージス伯爵令嬢、できればあなたには私の手伝いをしてほしいの」

「どのような仕事でしょうか？」

「こういうことがまた起きないよう監視する組織をこの国に作ってもらうから、そこに所属してほしいのよ」

　私の言葉にロージス伯爵令嬢は頷く。

「なるほど。ネオンハート皇后陛下が各国の卒業式によく来られていた理由は、そういうことだったのですね」

「そういうことよ。定期的にどうやら現れるみたいだから。ああいうのが」

「わかりました。このルナリア・ロージス、全力を尽くします」

「ありがとう。近いうちに全ての国を行き来できる組織も作るから」

「全ての国をですか？」

「ええ、だって全ての国にとって彼らは害になる可能性が高いもの。まあ、例外もあるでしょうけれど」

私が夫の顔を思い浮かべていると、部屋の扉がノックされ護衛の声が聞こえてきた。

「テルマン侯爵の遣いが来まして、ソッキ男爵令嬢は記憶持ちで確定と」

「そう。では内容を詳しく報告書に纏めてと伝えて。それとバハラート国王陛下にも報告を。きっと、すぐに動いてくれるでしょうから」

私はそう言うと質問したそうなロージス伯爵令嬢に視線を向ける。

「何かしら？」

「彼女は前世の記憶持ちということでしょうか？」

「あら、秘密情報まで知ってるのね」

「父の書斎を勝手に……」

「それ以上は言わなくていいわ。それよりもあなたの言うとおり彼女は前世の記憶持ちよ。そして今回はそれを悪い方に使おうとした」

「えっ、使わない者もいるのですか？」

「もちろんいるわよ。国や民のために尽力するね」

「そうですか。では、私がやるべきことは観察、そして保護か拘束という感じになるのですね」

「いいえ、善のために動いているなら好きにさせるのが一番。だから拘束のみになるわよ。まあ、相手が望んでいるならもちろんそうするけれど。生まれた環境は選べないものね」

私はかつての生家を思い出し、苦笑するとロージス伯爵令嬢が首を傾げる。

「どうしましたか？」

「ちょっと昔のことをね」

「昔……ああ、ネオンハート皇后陛下もそうでしたね」

「そう……私も、なのよね」

私は後から知った世界の裏状況を思い口元を歪めるが、すぐに笑みを浮かべた。

ソツキ男爵令嬢の記憶から役に立つものが出てくれれば、世界はまた発展するから。

これみたいに。

私はポケットから一枚の小さな紙を取り出し、ロージス伯爵令嬢に見せる。

「これは……絵ですか？」

「『写真』というものよ」

「シャシン？」

「目に見える風景や人物を切り抜いて、紙にそのまま写す技術」

「それって、彼女達の記憶から……いいえ、なんでもありませんネオンハート皇后陛下」

「それでいいわロージス伯爵令嬢。あなたがこれから関わる仕事は限られた人物しか知ってはいけないことだから」

　私は満足げに頷くと写真をしまった。

「さあ、これで話はおしまい。あなたはもう帰りなさい」

「わかりました。あの、本当にこの度は大変申し訳ありませんでした」

「ふふ、気にしないで。むしろ良い人材が確保できたから良い気分よ。まあ、あなたはそういう気分にはならないかもしれないけれど」

「……元々、親が決めた縁談でしたから」

「それでもあなたみたいな素敵なご令嬢じゃなく、娼婦みたいな女に靡(なび)くなんてね」

「まあ、相手の心を掴むすべを最初から持っていたのなら……」

「それも極秘資料から？」

「は、はい」

「ふふふ、ならしっかりと読んでおいてね」

私はそう言うと扇をゆっくりと閉じる。ロージス伯爵令嬢はそれを合図と理解したのか、見事なカーテシーをし部屋を出ていった。

「なかなかの逸材ですね」

静寂な部屋の中からネオンハート王国の諜報員の声が聞こえてくる。私は再び扇を開くとゆっくりとあおぎ出した。

「私達が戦う相手は得体が知れない存在。あれくらい豪胆に動けないとね。で、成果は？」

「碑文や書物からは何も。いつもどおりです」

「そう。やはり掴めないのかしらね」

「神……とかでは？」

「自分の世界を滅茶苦茶にする神なんているのかしら？」

「それは……」

諜報員の困った声に私は苦笑しながら窓際に向かう。すぐにネオンハート王国より遅れた世界の町並みが目に入った。

「まあ、いいわよ。敵として現れたらそれが誰だろうが捻り潰すだけなのだから」

「皇后陛下……あまり無理はなさらないようにしてください」

「わかっているわ。この身体はもう私だけのものではないのだから。ねっ」

私はそう返事しながら少し大きくなったお腹に触れる。そう、私は少し前に妊娠したのだ。夫、アルダム・ネオンハートの、つまりは国王の子を。

未来を担う存在を。

「早く会いたいわね」

「国王陛下に……いえ、違いましたね」

「ふふふ、合ってるわよ。ただし含まれる、だけど」

「なるほど。では、我々だけでさっさと仕事を済ませてきましょうか？　その方が早く終わりますから」

「いいえ、駄目よ。この国の人々にも成長してもらわないといけないから。それこそネオンハート王国並みにね」

「ミーア・アバズンやウーナ・ソツキみたいな者が現れても困らない環境を作らなければならないから……」

「ええ、そうよ。何せ、アレ一人で国が一つ滅ぶ可能性があるのだからね」

私は遡る前のロールアウト王国を思い出す。それから夫に聞いた話も。

ただ、すぐに頭の中から全て振り払った。

だって、私が描く未来にはあの光景はないと決まっているからだ。未然に防ぎ、さっさと問題児は捻り潰すから。

私達が作る国境なき部隊で。

†

「で、国境なき部隊で数々の転生者の知識を得た今、こんな状況になってしまったと」

俺が呆れながら書斎を見回すと母上は苦笑する。

「いいじゃない。全て私のものなんだから」

「けれどこの『カメラ』はまだ持ち出し禁止ですよね？」

「だって、色々と撮ってみたかったのだもの」

「はあっ、だからと言って上に立つ人がこんなことはしては駄目でしょうに」

「許可はもらったわよ」

「強引にでしょう。俺が昨日ちょっとだけ使いたいと聞いた時は断られましたからね」

「それはあなたが壊す可能性があるからでしょう」

「そんなことは……」

「あったでしょう。『腕時計』を勝手に分解して。ねえ、レンゲル」

母上が視線を向けると現在、俺の専属護衛になっているレンゲルが頷く。

「そうですね皇后陛下。だから王太子殿下には許可が下りなかったのですよ」

「くっ、レンゲル。俺を守らないとは……」

「守っていますよ。このネオンハート王国にとって大事な大事なあなた様が怪我をされないようにね」

「ほら、あなたの負けよ。それに動いてるあなた達を撮りたかったのだからいいでしょう」

母上はそう言うと扇を口元に持っていく。きっとニヤニヤ笑っているのだろう。俺がもう何も言えないとわかっているから。

いや、それともそもそもわかっているか……

最初から。

まあ、だからといってちょっと言い方がね、腹が立ってしまったけど。

俺はレンゲルを横目で睨む。しかしすぐに笑みを浮かべた。

「わかりましたよ。俺は静かにしています。レンゲルと違ってね」

「ん？　意味がわかりませんね」

「あれれ？　今日ってお前達にとっては大事な日だろう？」

「……私の役目はあなた様の護衛。そして、それが最優先事項ですからね」

「ふん、なるほどねえ。じゃあ、俺がルリアがいるところに行けば問題ないってことだな？」

「なっ、駄目ですよ！　今、妻は大事な時なんですから！」

「だからお前が行かないと駄目だろうに」

「し、しかし、私の立場は……」

するとレンゲルを見かねた母上が、扇で自分をあおぎながら顔を向けてきた。

「こら、それくらいにしなさい」

「じゃあ、どうするのですか、母上？」

「簡単よ。私が命令すればいいんだもの。ルリアが子を産むまで側にいなさいって」

「し、しかし、それだと王太子殿下が……」

「王宮なら安心よ。それに見たいのでしょう？　あなたとルリアの子が生まれる瞬間を」

「そ、それは……もちろんです」

「じゃあ、決まりじゃないの。行きなさいよ」

レンゲルは俺を一瞥する。

「……わかりました。王太子殿下、大人しくしていてくださいね」

「もちろん静かに過ごすさ。俺にはこれがあるからね」

そして部屋には似つかわしくない動いている映像を撮影できる『ビデオカメラ』に手を伸ばそうとした。が、母上が突然、俺の前に立ち塞がり先に『ビデオカメラ』を扇で軽く叩く。

「ああ、私もちょっとルリアのところに行ってくるわ。レンゲル、これを運んで」

「はっ！」

「あっ、ちょっと……」

俺は呆然と母上を見る。まあ、すぐに我に返ると仕方なく二人を見送ったのだが。

「いってらっしゃい」

何せ理解してしまったから。

母上がこれからやろうとしていることを。

俺は母上のいた場所にあった『テープ』に目を向ける。そしてそこにある『子供達の寝顔』というタイトルを見て苦笑するのだった。

新感覚ファンタジー
RB レジーナ文庫

薬師令嬢の痛快冒険ファンタジー

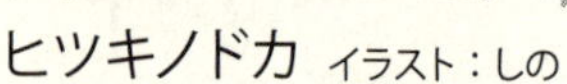

私を追放したことを後悔してもらおう 1

ヒツキノドカ　イラスト：しの

定価：792円（10%税込）

ポーション研究が大好きなアリシアは、ひたすら魔法薬開発に精を出していた。しかし彼女の研究を良く思っていない彼女の父はアリシアを追放してしまう。途方に暮れるアリシアだが、友人や旅の途中で助けた亀の精霊・ランドの力を借りながら、ポーションスキルにさらに磨きをかけていき……

詳しくは公式サイトにてご確認ください
https://regina.alphapolis.co.jp/

本書は、2022年5月当社より単行本として刊行されたものに書き下ろしを加えて文庫化したものです。


この作品に対する皆様のご意見・ご感想をお待ちしております。

おハガキ・お手紙は以下の宛先にお送りください。

【宛先】

〒150-6019 東京都渋谷区恵比寿4-20-3 恵比寿ｶﾞｰﾃﾞﾝﾌﾟﾚｲｽﾀﾜｰ19F
（株）アルファポリス　書籍感想係

メールフォームでのご意見・ご感想は右のＱＲコードから、
あるいは以下のワードで検索をかけてください。

ご感想はこちらから

レジーナ文庫

処刑された悪役令嬢は、時を遡り復讐する。

しげむろゆうき

2025年2月20日初版発行

文庫編集－斧木悠子・森 順子
編集長－倉持真理
発行者－梶本雄介
発行所－株式会社アルファポリス
〒150-6019 東京都渋谷区恵比寿4-20-3 恵比寿ｶﾞｰﾃﾞﾝﾌﾟﾚｲｽﾀﾜｰ19階
TEL 03-6277-1601（営業）　03-6277-1602（編集）
URL https://www.alphapolis.co.jp/
発売元－株式会社星雲社（共同出版社・流通責任出版社）
〒112-0005 東京都文京区水道1-3-30
TEL 03-3868-3275
装丁・本文イラスト－天路ゆうつづ
装丁デザイン－AFTERGLOW
（レーベルフォーマットデザイン－ansyyqdesign）
印刷－中央精版印刷株式会社

価格はカバーに表示されてあります。

落丁乱丁の場合はアルファポリスまでご連絡ください。

送料は小社負担でお取り替えします。


ISBN978-4-434-35313-0 C0193